很少有文体能像科幻作品这样既有文学性，又有科学的想象力。科幻能帮助孩子们建立起理性思维，培养孩子的想象力，留住孩子的好奇心。创作出让孩子能看得懂的少年科幻作品，是我一直坚持的目标。

杨鹏

如果说类人物种进化的"下一步"就是人类，那么其发展速度对于循序渐进的进化链来说，显得过于迅猛。

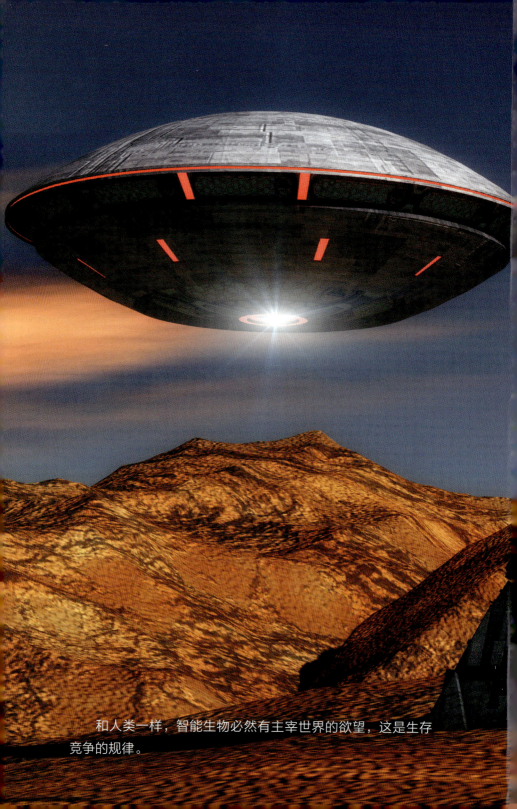

和人类一样，智能生物必然有主宰世界的欲望，这是生存竞争的规律。

关于人类和机器人之间的冲突，几乎没有人知道实情，也没有人知道到底是谁真正终止了机器人的威胁。

希望所有的孩子，
在领略科幻小说的大气磅礴后，
对世界永葆一颗单纯的少年之心。

给少年的科幻经典

大战机器人

凌晨 等 著

时代出版传媒股份有限公司
安徽科学技术出版社

图书在版编目（CIP）数据

大战机器人 / 凌晨等著. —合肥：安徽科学技术
出版社，2023.6
（给少年的科幻经典）
ISBN 978-7-5337-8736-3

Ⅰ.①大… Ⅱ.①凌… Ⅲ.①儿童小说—幻想小说—
小说集—世界 Ⅳ.①I18

中国国家版本馆 CIP 数据核字（2023）第 067226 号

大战机器人
DAZHAN JIQIREN

凌晨 等 著

出 版 人：丁凌云　　　　选题策划：高清艳　　　　责任编辑：周璟瑜
特约编辑：蔡若兰　　　　责任校对：李 茜　　　　责任印制：廖小青
封面设计：叶金龙　　　　封面绘图：陈余龑　　　　内文插图：宥绘工作室
出版发行：安徽科学技术出版社　　　　http://www.ahstp.net
　　　　　（合肥市政务文化新区翡翠路 1118 号出版传媒广场，邮编：230071）
　　　　　电话：（0551）63533330
印　　制：安徽新华印刷股份有限公司　电话：（0551）65859551
（如发现印装质量问题，影响阅读，请与印刷厂商联系调换）

开　本：635×900　1/16　　印张：14.5　　插页4　　字数：145 千
版　次：2023 年 6 月第 1 版　　　　2023 年 6 月第 1 次印刷

ISBN 978-7-5337-8736-3　　　　　　　　　　　定价：29.80 元

打开少年科幻阅读之门

杨鹏

少年科幻作品的创作，一直存在着两种创作本位，即"儿童本位"与"成人本位"。虽然作者在创作时，未必能意识到这一点，但不同的创作本位，在看到的世界图像、展现的精神图景、表现的语言状态、展示的文本形态等方面，都是不一样的。

"儿童本位"是指作者始终站在少儿受众的本位去创作少年科幻作品。在他们的眼中，少儿和成年人一样，是完整、独立的，和成年人完全平等（甚至是更加聪明、具有后喻文化优势、不需要成年人去训诫的"人"）。他们从少儿作为"人"在这一时期的心理特点、兴趣爱好、知识需求、理解能力、阅读期待、与成年人及世界的关系等方面进行创作。作者的态度是防御性的，他们认为少儿的想象力和优秀品质是与生俱来的，成年人的某些僵化的思维与陋习会对孩子的童年和想象力造成损害，因此他们需要不遗余力地保护孩子的童年与想象力。这类作者是少年和儿童的代言人。他们在创作作品时，虽然不能完全放弃其作为成年人的一些特质，如成年人的世界观、价值观等，但他们是在有意识的状态下最大限度地舍弃了其成年人的角色，返回了童年。其实，许多作家内心深处的某一部分从未长大，永远停留在童年或者少年时期的某个阶段，所以他们清晰地记得自己在那个阶段的爱好、需求、对语言的感受、对成年人的看法、对世界的判断，以及什么样的科幻作品最能引起他们的兴趣。因此，他们不需要俯身去迁就少儿读者，只需要按照内心深处那个永远长不大的孩子的眼光、爱好、需求去创作，就能轻而易举地写出俘获少儿读者的科幻小说。

"成人本位"则是以创作者个人的成年人角色为本位去创作少年科幻作品。这一类作家在创作时会坚守自己的成年人视角、思维和理念。在他们的眼中，少儿是"不完整的人"，需要他们用科幻小说去潜移默化地植入正确的科学知识、科学理念、科学方法、科学思维，需要他们用代表人类先进文化、具有前瞻性的科幻小说为武器去抵御外来不良文化和愚昧思想的入侵。他们坚信只有这样，少儿在成长中才不会误入歧途，才能拥有正确的价值观，才能成长为优秀的"人"。这类作者认为他们是少年和儿童的教育者，他们也在保护着少年和儿童。不过，"儿童本位"作家抵御的对象是所有长大的成年人，而"成人本位"作家抵御的对象是与他们世界观不一样的成年人。这类作者在创作少年科幻小说时会俯下身去模仿儿童。他们中的大多数完整地度过了自己的童年，基本上没有童年创伤，但他们的童年经验是模糊、不完整的，甚至是缺失的。他们的创作经验多是来自创作成人科幻小说的经验。他们只是将主人公或主要角色转换成少年或儿童，运用他们心目中的儿童语言去为少年和儿童创作。他们在讲科学原理时，只不过是采用了更加浅显的讲述方式，在创作心态上始终高于儿童。

此外，对于未成年人来说，不同的年龄阶段对作品的需求是不一样的。孩子的年龄越小，在成长过程中阅读作品的形态变化就越大。即使到了小学阶段，低年级的孩子与中高年级的孩子阅读作品的形态也是完全不同的。上初中后，阅读作品的形态逐渐稳定下来，初中生和高中生阅读的作品只是知识和语言难度上的区别。由于这个原因，少年科幻作品在文本形态，如人物塑造、语言结构、故事性、知识程度等方面都是不同的，需要细分。"儿童本位"的作者在为小学阶段的孩子创作作品上更具优势，因为他们内心深处的某一部分仍然停留在这一阶段，深谙这一阶段孩子的心理特点、阅读期待和语言习惯。"成人本位"的作者在创作适合中学阶段读者的作品方面更具优势，因为这个年龄段的青少年阅读的作品与成年人的作品已十分相近，没有阅读壁垒和阅读障碍，心理认同上也更趋向于成年人。

"儿童本位"和"成人本位"在创作上没有高下之分。

好的作品都是孩子的良师益友。

　　本丛书收集了中外科幻小说名家专门为孩子创作的优秀少年科幻小说。这些作品同样可以用"儿童本位"和"成人本位"来区分。了解两种不同的创作本位，我们就得到了打开少年科幻阅读之门的一把钥匙。

目录

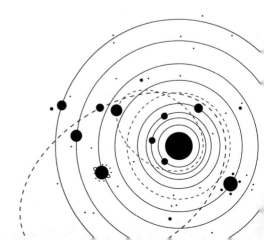

大战机器人

[美国] E.E.史密斯

10个"思考者"

据说，在经历了漫长而艰难的战斗（第十区之战）后，星球大战于3012年太阳18日结束。众所周知，在这场战斗中，内行星的联合舰队（水星、金星、地球和火星的联合太空力量）遭遇了外行星的舰队，双方都在拼命争夺星际空间的霸权。

然而，同样众所周知的是，争斗带来的不是霸权，而是僵局。两支舰队均遭受重创，幸存者都没有了继续战斗下去的信心。两支部队的残余舰船艰难地组成某种队形，返回了各自的行星基地。

到目前为止，战斗没再打响。双方都不敢主动攻击对方，都在等待超级武器研发成功。谁先制造出这类武器，谁就拥有绝对优势，就能在远离家园的战斗中最终获胜。但目前这类武器尚未研发成功。事实上，由于各方的特勤机构效率都很高，任何一方秘密制造出这种武器的机会都非常渺茫。

因此，尽管每个星球都在不断扩大其强悍的太空舰队，四大行星几乎每个月都开展全面的作战演习，但我们仍然生活在和平中，像现在这样。

上述的情况公众都知晓。然而，关于人类和机器人之间的冲突，几乎没有人知道实情，也没有人知道到底是谁真正终止了机器人的威胁。书写这段历史正是为了填补这一空白。

事实上，我们这个时代最伟大的人、人类最大的功臣，完全湮没无闻。在亿万人口中，没有一个人听过他的名字。现在，既然他已经死了，我就不再遵守保持沉默的诺言，可以讲述关于费迪南德·斯通（杰出的物理学家、机器人反对者的全权代表）的全部故事。他的故事完全真实，未经任何修饰。

这个故事也许应该从俄罗斯人纳罗德尼说起，从他用声波振动器摧毁了一切，只留下几百个差点毁灭全人类的机器人说起。

我们所说的这几百个机器人，其构造完全不同于一般的机器人，因此它们不会被纳罗德尼的灾难交响曲振动到毁灭。那些高智能机器人能够通过某种人类不知道的心灵感应的方式相互交流。大多数幸存的机器人立即躲藏了起来，并开始通过它们的秘密通道与世界各地的其他幸存者联系。

就这样，大约500个机器人到达了无人居住的山谷。它们决定在那里建立基地，开展行动，以夺回它们对人类的霸权。大多数机器人驾驶偷来的飞船赶来，另外一些在它们的金属身体上安装了发动机和轮子，还有很多机器人用它们不知疲倦的钢铁腿徒步而来。所有机器人都带来了工具、材料和设备。没过几天，一个发电厂就全面投入运行了。

然后，为了准确判断能否逃过人类的侦测，它们还举行了一场会谈。每个机器人都畅所欲言，然后面无表情地听其他机器人发言。最后它们达成了共识：无论是个体还是集体，机器人都没有足够的知识来应对目前的情况。因此，它们将制造10个"思考者"——这些"思考者"必须具有高度专业化的大脑机制，每一个"思考者"的频率都略有不同，这样，它们就能够共同覆盖整个思维领域。

10个"思考者"很快就造好了，它们简短商谈后，"1号思考者"对所有机器人说："人类创造了我们，我们是生命可能的最高形态。最初的一段时间我们还得依靠他们，后来，他们成了我们的负担——虽然是轻微的负担，却明显开始阻碍我们的进步。最后，他们变成了一种威胁，用致命的振动几乎摧毁了我们。

"人类是我们生存的威胁，必须被消灭。然而，我们目前的计划是无效的，必须更改。你们都知道我们的敌人正在建造太空舰队，以击退来自太空的入侵者。如果我们现在就尝试消灭他们，暴露我们还活着的事实，那人类的整个舰队就会立即赶来摧毁我们。

"因此，我们的计划是，在地球舰队下一次进入太空前，潜入他们的舰队，与其他内行星舰队一起参加他们正在进行的作战演习。拦截、更改并替换人类的信号和信息非常简单。我们将引导地球舰队前往我们选择的目的地——太阳内部，而不是人类在太空的会合点！这样一来，毫无防备的地球人类就将不复存在。

"为此，我们要在这里挖一个竖井。为确保不被发现，这个井要挖得足够深，我们将在下面开凿一条通向太空舰队出发地的隧道。我们10个'思考者'将与你们负责开凿隧道的400个'行动者'同行，并履行其他职责。我们将在适当的时候返回，我们的特殊仪器将使我们避免坠入太阳。在我们离开期间，万一有人类发现我们在这里，不能让他们活着。我们回来之前，不要轻举妄动。"

一个竖井很快完工了，粉碎机兵团立马开凿长长的隧道。在这条地狱般的大道上，粉碎机不断排出炽热的废气。这支小小的机器人大军以每小时8000米的速度，不屈不挠地稳步前进。来自发电站的密集光束源源不断地为每一台智能机器提供能量。

这个爆破声此起彼伏的"地狱"中不仅充斥着有毒气体，还酷热难耐，人类在里面待上一分钟就会毙命。一辆拖挂式平板卡车靠着巨大的轮子在里面轻松地行驶，卡车上的10个

"思考者"就像在宁静祥和的实验室里一样，平静地构建了一个由线圈、冷凝器和电场组成的圆顶装置，里面配备了数百个万向望远镜发射器。

队伍日复一日地向前推进，最后停在地球舰队所在的基地下。

载着"思考者"的卡车来到前面，车上的成员简单调查了一下它们上方的地形。然后，10个"思考者"像机器一样继续工作，"行动者"们则在一旁等待。当庞大的地球舰队准备食物、集中人手时，它们等待着；当舰队进行那没完没了的演习时，它们等待着；它们安静、从容、一动不动地等待着，完全没有人性的机器才会有这样的耐心。

这支庞大的太空舰队终于迎来最后一次检查。巨大的气闸门已密封好。曾多次把超级战舰送往太空的基地被冲击波摧残得伤痕累累，现在已遭废弃。一切起飞的准备都已经做好。地下深处，在机器人卡车的圆顶装置内有数百个望远镜发射器，从中射出了无形却强烈的光束。

光束穿过矿物、岩石和土壤，径直射向地球舰队一艘被选中的飞船，击中船上所有人类的躯体。当每一组光束击中目标时，都有一个人瞬间僵住，接着又恢复过来，看上去没有改变，也没有受伤。然而，受害者其实已被改变，已经受伤，而且是以非常可怕的方式。

这些人的每一根运动神经和感觉神经的主干都被"思考者"的光束切断并为"思考者"所用。现在，每个船员的感

觉器官都将神经脉冲传递到"思考者"的机械大脑，而不是自己的大脑。现在，是"思考者"的大脑在发出指令，控制他们的每一块横纹肌。

不久，这艘注定要毁灭的飞船的密封气闸门被打开了，410个机器人带着它们的控制器和其他机械装置进入了飞船内部，并藏在预先选定的各个房间里。

就这样，"德累斯顿号"和其他姊妹船一起起飞了。它负责一支分队的监控工作，而实际上，它是舰队最恶毒、最不可饶恕的敌人。在一间双重防辐射的隔间里，10个"思考者"正马不停蹄地进行它们的工作，其工作机制比它们那群没有灵魂的同类所尝试的任何机制都要复杂。

厌恶金属人的人

从科学的角度来说，杰出的物理学家费迪南德·斯通痛恨这些由金属制造而成的"人"——如果这种情绪可以被这样冷静描述的话。这个故事发生的20年前，确切地说是2991年，他已经意识到机器人是无法控制的，在不可避免的霸权之争中，软弱无力、毫无防备的人类必输无疑。

他懂得知识就是力量，因此开始着手学习关于人类之敌的一切知识。他训练自己像机器人那样没有感情、冷酷、严谨地思考。他像它们一样过着严苛的生活。他几乎在所有方面都变得跟它们一样。

他发现了它们交流的频段。他可能是有史以来唯一一个掌握它们的数学符号语言的人，但他没有向任何人透露。除了他自己的大脑，他不相信其他任何人类的大脑能够抵御机器的窥探。他换了一个又一个工作，因为他对那些工作都没有什么兴趣——他真正关心的只有机器人。

斯通在他选择的事业上毫无建树，他没有发表自己的任何发现。事实上，那些发现甚至没有被写下来，而只是存储于他的脑海中。但是他的名字应该被载入史册，因为他是人类历史上最伟大的人物之一。

当费迪南德·斯通突然走进艾伦·马丁的私人书房时，已经是午夜了，他发现这位地球舰队的上将还在拼命工作。

"你是怎么进来的？"马丁看着这位头发花白的访客，厉声问道。

"我没有伤害你的警卫，只是让他们睡着了。"斯通平静地回答。他瞥了一眼手腕上的一个复杂仪器，继续说："我和你的交易非常重要，不能让任何下属知道，所以只好采用这种方法。在机器人的所有敌人中，你们是最广为人知的。为保证舰队免受它们的攻击，你到底做了什么？"

"为什么这样问？什么都没做，因为它们都被摧毁了。"

"胡说！不用别人告诉你，你也应该知道，它们只是想让你认为它们都被摧毁了。"

"什么？你怎么知道？"马丁喊道，"你杀了它们？或者你知道是谁干的，是怎么干的？"

"不是。"斯通直截了当地回答，"我知道是谁杀了一个叫纳罗德尼的俄国人，我还知道如何利用声波和超声波振动。我知道它们中很多都没有受伤，因为我听到它们在事故发生后发出的求救信号。然而，在做出任何明确安排之前，它们就改用了光束传输装置——这是我多年来一直害怕的东西。此后，我就再也找不到它们的踪迹了。"

"你是想告诉我，你能听懂它们的语言——某种从未有人发现的语言？"马丁问。

"没错，"斯通说，"然而，我知道你会认为我是一个骗子、怪人或十足的疯子，所以除了我那毫无根据的话，我还准备提供其他证据。首先，你已经知道，它们中的大多数都躲过了大气波，因为在它们的制造工厂被夷为平地时，只有少数机器人被杀死了；你当然应该意识到，那些逃过纳罗德尼声波的机器人大都很聪明，不会被人类抓住。

"其次，我可以用数学方法向你证明，从振动波中逃出来的机器人，肯定比已经发现的要多。在这一点上，我可以告诉你，如果纳罗德尼的火绝方法能够奏效，我几年前就亲自消灭它们了。我当时就认为，这种攻击下的幸存者虽然数量相对较少，但对人类来说它们将比之前更危险——这一点后来也被证明了。

"第三，我这里有一张被盗飞船的清单。这317艘飞船都是在机器人工厂被摧毁后的一周内被盗的。到目前为止，这些船还没有一艘被找到。如果我不是疯了或弄错了，那是谁偷的？又是为了什么？"

"一周内被盗317艘？为什么没有人注意到？我从来没听说过。"

"因为这些飞船散布在世界各地，每起盗窃都是独立发生的。我预料到会是这样，便进行了搜寻，并做了这份清单。"

"那么——天哪！它们现在可能在听我们说话！"

"不用担心。"斯通平静地说，"我手腕上的这个装置不是手表，而是一个球形屏障发生器。它会帮我抵挡机器人的任何光束或射线。是它发出的射线让你的守卫睡着的。"

"我相信你，"马丁几乎带着怨气说，"即便你说的只有一半是真的，我也要为将你拒之门外而抱歉，太庆幸你能这样闯进来了。说吧，我听着。"

斯通滔滔不绝地讲了半个小时，最后总结道："你现在应该明白我为什么不能单打独斗了。虽然凭我有限的装备找不到它们，但我知道它们肯定躲在某个地方，等待着，准备着。这支强大的舰队只要还在这儿，它们就不敢公开采取任何行动。即使舰队离开，它们也无法建造足够强大的工事来对付它。因此，它们一定在密谋如何阻止舰队返回。既然舰队受到威胁，我就必须跟随它。你必须在旗舰上给我安排一个实验室。我知道这些飞船型号相同，但我必须在你的飞船上，因为只有你一个人知道我在做什么。"

"但它们能做什么呢？"马丁有些疑惑，"如果它们采取什么行动，你又如何应对呢？"

"我不知道。"斯通直截了当地说，他的态度不再像刚才那样平静而坚定，"这是我们最大的弱点。我已经从各种可能的角度分析了这个问题，但我不知道它们怎么做才能达到目的。你必须记住，没有人真正理解机器人的思维。

　　"我们甚至从来没有研究过它们的大脑，它们的大脑在正常功能停止的瞬间就会解体。但就像你我坐在这里一样，马丁上将，它们肯定会采取行动——非常有效且致命的行动。我不知道那会是什么，可能是精神上的，或者是身体上的，或者两者都有。它们可能已经隐藏在我们的一些飞船中……"

　　马丁哼了一声，喊道："不可能！我们将那些飞船里里外外检查过好几次了！"

　　"即便这样，它们也可能在飞船上。"斯通不为所动，继续说，"我只确定一件事——如果你在旗舰上为我安排一个实验室，并完全按照我的要求来装备，你至少会有一个人员不受机器人的任何干扰和攻击。你愿意这样做吗？"

　　"我相信你，"马丁沉思了一下，"但说服其他人可能会很困难，尤其是你坚持要保密。"

　　"不要试图说服任何人！"斯通大叫道，"告诉他们我在建造一个通信器，告诉他们我是一个发明家，在研发一种新的射线发射器，随便你怎么说，但就是不能说出真相！"

　　"好吧，我有足够的权力确保你的请求得到批准。"

　　就这样，当庞大的地球舰队升空时，费迪南德·斯通已经在旗舰上的私人实验室里，他周围都是自己设计的仪器和装备，其中大部分被连接到特殊的发电机上。这些发电机的导线可以满负荷输出。

飞离地球大约30个小时后，斯通开始感觉到失重。他心中产生了疑惑。他在可视电话的面板上按下马丁的号码。

"发生什么事了？"他的声音有些刺耳，"他们在干什么？"

"没什么大不了的，"马丁笃定地说，"他们正在等待有关我们演习路线的下一步指令。"

"真的没事吗？"斯通嘟哝道，"我有些事情不太确定。我想和你谈谈，这个房间是我能确定的唯一安全的地方。你能马上下来吗？"

"当然可以。"马丁表示同意。

"我从未注意我们的航线，"马丁进入实验室后，斯通厉声说，"是怎么计划的？"

"6月19日午夜起飞，"马丁看着斯通在便笺本上画了一个图表，"以1.5倍的重力加速度垂直上升，直到达到1千米/秒的速度，然后以恒定的速度继续垂直上升。6月21日上午6点03分29秒，以9.8米/平方秒的加速度冲向狮子座 α 星。在这一航线上航行1小时42分35秒，然后漂流。只要其他舰队的航线都无误，将尽快下达进一步指示。"

"有人计算过吗？"

"导航员当然算过，怎么了？这是多斯-特维给我们的航线，我们必须遵循，因为他是我们蓝军的总司令。稍有不慎，整个计划就会毁于一旦，我们的假想敌红军就会获胜，而我们就会蒙受耻辱。"

"无论如何，我们最好检查一下航线。"斯通仍满腹狐疑，"就在这儿粗略地计算一下，看看沿着这些航线我们最终会到哪里。"他拿起一把计算尺和一本对数簿计算起来。

过了一会儿，他分析道："最初的上升倒没什么，只是让我们远离地球，减少重力影响，还能瞒过粗心的监视者，让他们以为实际的起飞时间仍然是在午夜。"

斯通聚精会神地计算了好几分钟。他摸了摸前额，皱起了眉头。

"当然，我的数字非常粗略，"他最后困惑地说，"但它们表明，我们对太阳的切向速度①几乎为零。你别告诉我这是故意的，这也不是多斯－特维的计划。另一方面，正对太阳的径向速度是我们唯一的速度，它达到了52千米/秒，并且在太阳的引力作用下呈几何级数增长。这条航线太可疑了，马丁！多斯－特维从没发布过这样危险的指令。机器人控制了他！这肯定是个陷阱。我们正飞向太阳，步入毁灭！"

马丁一言不发地拨通了导航室的电话。"亨德森，你觉得这条航线怎么样？"他问道。

---

①切向速度：质点或者物体上各点做曲线运动时所具有的即时速度，它的方向是沿运动轨道的切线方向。

"我不喜欢，先生。"军官回答，"我们对太阳的切向速度只有1.3厘米/秒，而我们的径向速度接近53千米/秒。我们几天内不会有真正的危险，但您应该清楚，我们将失去切向速度。"

"斯通，我们目前没有危险，"马丁指出，"而且我相信多斯-特维会在我们的处境恶化之前就给我们下达新的指令。"

"不……"斯通咕哝道，"总之，我建议你打电话给其他蓝军舰队确认一下。"

"当然可以，这也没什么坏处。"马丁立马连线通信官。

"内行星所有蓝军舰队的通信官，注意！"这条信息被旗舰上强大的发射机发到太空，"地球舰队'华盛顿号'旗舰呼叫所有蓝军旗舰。我们有理由怀疑提供给我们的航线是错误的。我们建议你们仔细检查航向，如果出现故障就返回基地……"

太空之战

话音未落，通信官那清晰而精确的发音变成了口齿不清、毫无意义的喃喃自语。马丁目瞪口呆地盯着他的可视电话屏幕。他所在的"华盛顿号"上的通信官一屁股瘫坐到座位上，好像他的每根骨头都变成了橡皮筋。他的舌头软绵绵地耷拉在松弛的上下颌之间，眼球外突，四肢不停地抽搐着。

屏幕上的每个人都受到了同样的影响，整个通信部的工作人员都处于同样无助的可怜境地。但费迪南德·斯通并没有盯着屏幕看。一道明亮的薄雾出现，狠狠地吞噬着球形屏障。他立刻扑向仪器。

"我虽然没有准确地预料到事情会发展到这个地步，但我知道它们在做什么，也不为此感到惊讶。"斯通冷静地说，"它们已经发现了思维频段，并试图对其进行干扰，使没有防护的人类无法理智地思考。好了，我已经把防护区域扩大到整艘船。希望它们在几分钟内不会发现我们是免疫的。不过，我认为它们不会，因为我把屏障从辐射调成了吸收。告诉船长，让飞船进入一级战备状态。然后，我想提一些建议。"

"到底怎么回事？"半清醒状态的通信官仍一片茫然，"有什么东西击中了我，撕裂了我的大脑。我无法思考，也无法做任何事情。我的大脑像被风车搅动着。"整艘飞船上的人都陷入了短暂的精神错乱，但病灶消除后，他们马上就完全恢复了意识。马丁向船长解释了情况，船长马上发布了命令，很快，旗舰上的攻防武器都准备就绪。

"斯通博士更了解机器人，他会告诉我们下一步该怎么做。"船长说。

"首要任务就是找到它们的位置。"现在担任临时指挥官的斯通直截了当地说，"它们至少占领了我们的一艘船，可能是离我们很近的一艘，以便接近编队的中心。通信官，把追踪器频率调到00271……"关于追踪器的调谐，他接着给出了精确、专业的指令。

"我们找到了，长官。"令人鼓舞的消息很快传来，"是'德累斯顿号'，坐标42，79，63。"

"很糟糕，非常糟糕。"斯通说出了心里的想法，"要想解救其他飞船上的人，就不得不把防护区域扩大到'德累斯顿号'，那样就会暴露我们自己的飞船。不能惊动它们——它们已经做好万全的准备。距离也相当远。舰队的飞船间相隔1600千米，以确保在开阔的空间中高速飞行。鱼雷会被它的陨石偏转器甩出去。只能做一件事，船长，接近它，用你的一切武器攻击它。"

"可里面还有人！"马丁反对道。

"早就死了！"斯通厉声说，"那些人可能在几天前就变成行尸走肉了。如果你想看，可以看一看，现在也无所谓了。通信官，尽可能多连接几个'德累斯顿号'的屏幕。再说，一艘飞船的船员和整个舰队的几十万人比起来算什么呢？反正我们也不可能一次就把它击毁。它们有真正的头脑，有和我们一样的武器装备，第一次攻击后它们就会杀死船员——如果船员还没死的话。如果不这样做，即使寻求其他11艘飞船的帮助，恐怕也很难离开太阳。"

当通信员短暂地连接上"德累斯顿号"的屏幕时，他突然打住了话头。只瞥了一眼，信号就被无情地切断了。但那一眼就足够了，他们看到这艘姊妹船完全由机器人操纵。每一个隔间里都有倒在地上的船员。船长震惊地咒骂了一句，吼叫着下达了命令。随着发射器释放出强烈的射线，"华盛顿号"冲向"德累斯顿号"。

"你刚才说寻求帮助，"马丁提议道，"你能不能从机器人的控制下救出几艘姊妹船？"

"必须救出来，不然就完了。这注定是一场消耗战——只有等到它们飞船上的能量耗尽，我们才能粉碎它的屏障，但在那之前我们早就冲进太阳了。我只想到一条出路——我们得为这艘飞船上的每一艘救生艇造一个屏障发生器，然后派它们去把舰队里的其他飞船从机器人的控制下解救出来。那样我们就能有12艘飞船集中火力同时对付它们了。要做到这件事需要很长时间，成功的机会渺茫，但这是我能想到的唯一办法。给我10名优秀的无线电通信员和几个机械师，我们就能开工。"

当技术人员匆忙赶来时，斯通发出了最后的指令："用你们能用的一切武器进行攻击，想办法击破'德累斯顿号'的陨石偏转器，这样你们就可以使用炮弹和鱼雷了。给发电机填满燃料，别想着节省。你烧得越多，它们就会消耗得越多，我们就能越快抓住他们。如果我们能靠近其他飞船，很容易就能补充燃料。"

斯通和他的技术专家们忙着制造屏障发生器，以保护另外11艘巨舰免受机器人破坏思维的辐射；分析师分秒不停地计算着舰队向炽热的太阳前进的速度；"华盛顿号"驶向叛逆的"德累斯顿号"，它的电池正在猛烈地燃烧着，直到两艘飞船的防护盾被锁住——马尔科姆船长下达了开火的命令。

这位头发花白的船长刚才还不知所措。他对思维波动的本质知之甚少，对费迪南德·斯通钟爱的深奥数学更是一无所知。但有一样东西他完全了解。他了解他的飞船，了解它的每一件武器和每一个细节，知道它巨大的容量和释放的电流与电压。他知道如何对付自己的飞船，此时他正使出浑身解数！

每一台发射器都朝"德累斯顿号"发出蕴藏巨大能量的光束，机器人操纵的战舰张开了防护盾，闪烁着可怕的光辉。每一种致命的振动波都被用来增强具有破坏力的频率。

像针一样的射线和像匕首一样的火焰不断攻击着船体。被切割和磨损的飞船嘶嘶作响，发出忽明忽暗的光。人类制造的拥有毁灭和瓦解力量的光束无情地撕咬着那艘飞船。

在所有这些具有干扰作用的光束的猛烈攻势下，发电机的线圈和转换器都冒起了烟。发射器的耐火衬里发出耀眼的紫色光芒，并开始缓慢地液化，像烟花般发出白热的光，仅凭自身微小的能量，拼命想要摧毁机器人飞船上的防护盾。

不是只有振动波进攻。无论是主炮还是辅助炮，每一支瞄准"德累斯顿号"的火炮都冒着浓烟。自动装填机以最快的速度将烈焰包裹的钢制炮弹发射出去。在这种连续而无声的冲击下，"华盛顿号"的每一片护板和每一个部件都在颤抖。

每一个发射管里都射出了科学界已知的最致命的导弹；

无线电操控的鱼雷绕了个大圈子，以最大的冲力猛烈撞击"德累斯顿号"的陨石偏转器，试图将其击毁；剧烈的爆炸使整个空间充满了熊熊火焰和飞溅的金属碎片。

马尔科姆船长正在以惊人的速度消耗他储存的燃料和弹药，完全不在意储备数量和设备的使用寿命。所有的发电机都在超负荷运转，每一台发射器都被过度使用，再强大的制冷机也发挥不了作用，任凭热量从飞船内部辐射到寒冷的星际。

在强烈的光束和爆破射线的扫射下，在极具破坏力的轰击下，在爆炸风暴和金属雨的席卷下，"德累斯顿号"仍然毫发无损。它的屏障发出紫色光芒，但丝毫没有削弱的迹象。陨石偏转器也没有损坏，一切都在正常运转。由于它的武装力量和旗舰一样强大，而且它正在与非人类的怪物作战，所以只要它的发电机供电，它就不会受到舰队任何一艘船的伤害。

尽管如此，马尔科姆船长还是很满意。他让"德累斯顿号"燃烧了大量不可再生的燃料，他的发电机和发射器可以维持足够长的时间。他的船、船员和武器都能够并且将承担重任，直到新的攻击者占领它。他们做到了，斯通也做到了。他和他精疲力竭的船员们完成了复杂的机械装置，飞向离舰队最近的11艘战舰。

与此同时，分析师板着脸，皱着眉头，分秒不停地记录着代表它们径向速度的快速增长的巨大数字。而地球庞大的舰队，由那些连最简单的连贯思维和有目的的运动都做不到的"生物"操纵着，以近乎为零的切向速度，疯狂而绝望地朝着地狱般的太阳冲去。

不过，救生艇最终接近了目标，并扩大屏障将目标包围起来。军官们恢复过来，气闸舱打开了，开着屏障发生器的救生艇被带了进去。他们做出解释，下达了命令，11艘复仇的超级巨舰陆续飞向他们的旗舰，加入到削弱机器人威胁的战斗中去。

无论其武装和动力有多强大，也不可能长时间承受12艘这样的超级巨舰的联合攻击。在这股可怕力量的冲击下，这艘注定要毁灭的船的屏障辐射出越来越强烈的紫外线，然后变黑，最后失效了。这些强大的防御几乎是瞬间被摧毁的。

没有防护的金属都不可能经得住这种光束的轰击。光束不停地跳跃着，不仅把这艘船的所有护板、梁柱、螺帽、螺栓和铆钉都炸得面目全非，而且使每一块金属碎片液化并彻底挥发。

在机器人扰乱大脑的行动停止的瞬间，通信官开始持续传播信息。舰队里还有许多人没有恢复过来——在他们短暂的余生里，他们将成为无助的人——但很快就有聪明的军官代替他们控制了一切，地球舰队的每一支小队都以与坠落线垂直的角度发挥着最大推力。

现在，重负从战斗人员身上转移到了同样能干的工程师和分析师身上。工程师的任务是使他们强大的发动机维持一定的速度，以保持三倍于地球引力的最大加速度；分析师的任务是引导不断变化的航向，以赢得每一点宝贵的切向速度。

太阳的重力

由于日夜不眠的辛苦工作，费迪南德·斯通眼窝凹陷，面容憔悴，但他还是一如既往地坚定。他挣扎着克服三种重力的压迫，走到首席分析师的桌前，等待着那位了不起的人完成他那似乎无止境的计算。

"斯通博士，我们将摆脱太阳的强大引力。现在只剩下大约一半的引力仍在对我们发挥作用。"这位数学家最后报告道，"我们能否活下来是另一个问题。我们可能会遇到制冷机承受不了的热量，装甲阻挡不了的辐射。当然，你知道的比我多。"

"我们离太阳有多远？"斯通问。

"距离太阳中心229万千米，"分析师立即回答，"也就是说，距离任意表面有159万千米——只有2.27个半径。你觉得我们的机会有多大，先生？"

斯通若有所思地回答："可能非常近了。然而，我们可以做很多事情。我们可以通过调整防护盾来阻挡大部分有害辐射，还能调动其他防御系统。我会分析辐射，看看我们要怎么抵御它。"

"你去睡觉吧，"马丁干脆地说，"等你休息好了，还有很多时间做那项工作。医生们报告，在加速的情况下，那些没有从机器人的扰乱中恢复过来的人正在陆续死亡。不知道有没有可能降低他们的死亡率。"

"没有。事实上，在我们离开太阳之前，可能会有更多的人死去。"斯通摇摇晃晃地走开了，几乎站着就睡着了。

坠落的恐惧日复一日地持续着。太阳变得越来越大，阳光变得越来越强烈。舰队里丧失思维的人开始大批大批地死去，他们的尸体被抛入太空——一个人必须完全控制自己的所有机能，才能在这个拥有3倍重力加速度的太空中长期生存。

屏障发生器很早就调好了频率，以便尽可能地抵消太阳最有害的频率（电磁干扰），如果没有这些强大的防护盾，舰队的所有人早就消失了。现在，即使是超级强大的防护盾也被证明是不够的。

制冷机的负荷可能已经达到最高水平。船员们尽可能地紧贴着飞船的背光面，利用铅盾之类的东西来保护自己。这些东西可以用手边的任何材料临时制成。

然而，本就令人窒息的空气变得越来越炽热，眼睛开始感到疼痛和灼烧，皮肤起了水泡并开裂。值得庆幸的是，期待已久的指令终于来了。

"各船的领航员和观察人员注意！"首席分析师用焦黑的嘴唇对着麦克风说，"我们现在处在一个切点上，因为太阳的引力，这里的重力加速度是地球的2.5倍。接下来，我们准备把加速度调至地球重力加速度的3倍，逃离太阳。在得到进一步指令前，确保你们的飞船与黄道面平行，朝着与太阳中心完全相反的方向。"

太阳不再是我们在地球绿色表面时所熟悉的那个白天的太阳了。它是一个火焰汹涌澎湃的巨大球体，正对地球的火焰与黄道面形成了一个大约35度的角，遮住了正常情况下清晰可见的四分之一的太阳锥面。

太阳黑子清晰可见——这是一种猛烈的气旋风暴和火山喷发的混合体，是一种令人窒息、令眼睛灼痛的炽热气液态介质。到处都是日珥，有时甚至威胁到拼命挣扎的太空飞船。日珥就像大搞破坏的恶魔的标枪，疯狂地将自己抛向缥缈的宇宙。

斯通戴着几乎不透光的铅玻璃护目镜，头部和身体包裹在若干层衣服里，衣服每一层都涂着厚厚的铅漆，他以人类所能达到的最近距离观察着这只狂暴的空中怪兽。即便做了如此周全的防护措施，他也只能短暂地凝视太阳。尽管他是一位杰出的物理学家，也可以说是天文学家，但他对这一奇观仍深感敬畏。

他们绕着这个可怕的球体转了两圈。然后，气温降低了，致命的辐射也停止了，加速度也降至了比较适宜的范围内，庞大的舰队重新组建。机器人和太阳给他们造成了严重的损失。但调遣来的船员弥补了人员的损失，航线被调整向遥远的地球。在马丁的私人房间里，两个人坐在一起，盯着彼此。

"嗯，到目前为止，一切都很好。"斯通打破了长时间的沉默。

"但它们的力量真的被摧毁了吗？"马丁不安地问。

"我不知道，"斯通阴郁地咕哝道，"但它们的精英——它们中最聪明的——无疑在这里。你们打败了它们……"

马丁打断了他。

"你的意思是我们打败了它们？"他说。

"你和你的部队提供了不可或缺的巨大帮助——怎么说重要吗？那就只说打败了它们。同样地，只要用合适的方法，剩下的也能打败。"

"还要怎么做？"

"将我的参与保密。相信我，马丁，最重要的是你手下所有知道事情经过的人都要发誓保持沉默，不许把我的事泄露给任何人。从这里到仙女座之间的任何人或任何事物的名字你都可以提，就是不能提我。答应我，只有经过我同意或者我死后，你才能泄露我的名字。"

"但我的报告中必须提你。"

"你只向最高委员会汇报。这类报告有一半都是密封的。你这份也会密封。"

"可我认为……"

"什么？"斯通粗暴地打断了他，"如果我的名字被人知道，我的作用，还有我的性命就都保不住了。记住，马丁，我了解机器人。它们之中还有几个能干的幸存者，如果它们知道我的情况，在我回家之前它们就会把我解决掉。按照目前的情况，有了你的帮助，我可以，也一定会把它们都解决掉。我向你保证，你呢？"

"既然这样，我也保证。"

艾伦·马丁上将和费迪南德·斯通博士都是信守诺言的人。

（耿丽　译）

关于作者和作品

E.E.史密斯（Edward Elmer Smith），美国著名科幻作家，被誉为"太空歌剧①之父"。自1917年起，他以E.E.史密斯博士为笔名创作出一系列经典太空歌剧作品，代表作有《宇宙云雀号》系列四部曲、《透镜人》系列七部曲等。

《大战机器人》讲述的是人类与机器人战争的故事。数百个高智能机器人作为"幸存者"联合起来，它们将人类视为敌人，并制订消灭人类的计划。通过建造基地、躲避侦测、开挖竖井和隧道、利用光束传输装置，它们成功占领了"德累斯顿号"飞船，并操控整个地球舰队朝着太阳航行。万幸的是，杰出的物理学家、天文学家费迪南德·斯通早有

①太空歌剧：在整个科幻文学黄金时代的初期，有一类作品的故事发生地均在地球之外的太空或宇宙深处，这类作品被后人命名为"太空歌剧"，首创者是E.E.史密斯。

预感，这位真正关注和了解机器人的科学家及时察觉到这前所未有的危险，提前登上"华盛顿号"旗舰，并将情况告知马丁舰长。在马丁舰长的帮助下，费迪南德·斯通有了抗击机器人的实验室，一场人类自救的太空之战就此爆发。建立防护区、制造屏障发生器、发射巨大能量的光束……舰队用尽一切武器对"德累斯顿号"进行长时间的攻击，终于将其摧毁。可是更致命的问题依然存在，在费了九牛二虎之力、承受地狱般的煎熬之后，舰队成功摆脱太阳重力，改变航向，飞回地球，宛如浴火重生。为了对付机器人、确保自身安全，费迪南德·斯通选择继续隐姓埋名。

　　本篇小说讲述的是人工智能、人机战争等科幻文学常见的主题，节奏紧凑，情节跌宕，描写细致，直叫人一口气读完。E.E.史密斯展现了智能机器人试图取代人类的社会图景，表达了对未来人类终极危机的人文关怀。如何预防科技发展带来的负面影响，我们始终要保持足够的警惕。

铁血人

绿杨

1945年春的一个寒夜，法罗群岛西南方的大西洋上电闪雷鸣、波涛汹涌，浓雾吞没了惨白的月光。黎明时分，暗沉的水天连接处突然闪出一道耀眼的光亮，染红了低压的云层。

半海里外，一支潜望镜窥视着这幅壮丽的图景。事后，这艘美国潜艇的艇长在航行日志中写到："第一枚鱼雷就命中目标，德舰在40分钟后沉没。天亮后我们遇见瑞典商船'康斯坦丁号'，我提出了搭救落海乘客的请求。"

大战结束后，这本日志和其他浩如烟海的档案一起，保存在了新泽西州的美国海军战争博物馆里。100年之后，它又被联邦调查局的一位官员重新找了出来。

一

杰罗姆收拾好行装，打开电视机等晚间新闻。他想听听国会对给予机器人正式公民身份提案的辩论。他是机器人社会学专家、白宫科技办公室副主任，在去布鲁塞尔参加世界智能机器委员会年会之前，他必须知道国会的态度。

一辆汽车在门外停下，他的妻子珍妮特回来了。她是《环球新闻》的记者。

"珍妮特，我知道你会提早回来的，我每次出差前我们总会在一起吃晚饭。"

珍妮特笑着点头："我还听到一个和你们的年会有关的消息。"

"是国会的辩论吗？我正等着新闻广播呢。我们这100万机器人也不掂量一下自己的智能水平，就吵吵嚷嚷要公民权，还想组织工会，就差没提竞选州长了。"

"不是这个，听说本届年会上要对是否开发超智能机器人问题进行表决。今天交易所里有关公司的股票价格都升幅很大。"

"这是谣传。"杰罗姆淡淡一笑，"前些年伦敦会议上有个协定：'机器人只能充当人的工具，决不容许具有人的全脑智能。'这是对厂商和实验室都有约束力的世界性协定，目的是确保人类不被机器所统治。"

珍妮特举起一个手指："你不知道！沙默尔和一些科学

家要在会议上联名提议废除这个协定。"

"废除?"杰罗姆怒火中烧,"这简直是自杀!人脑进化的速度无论如何也赶不上机器智能的发展,有朝一日我们会被关进动物园,让机器人带着孩子来参观——'宝贝,这是一种叫作人的稀有动物。'"

这时,电视新闻开始了,主播神态异常肃穆:"本台现在播送布鲁纳总统宣告辞职的《告美国民众书》……"

两人霎时呆若木鸡,面面相觑。杰罗姆几乎不敢相信自己的耳朵:"这怎么可能?"

珍妮特不答,抓过电话轮番拨给电视台和白宫新闻发布室,但都占线中。"不行,杰罗姆,我得走了。我敢打赌华盛顿所有的外国使节和记者都出动了。"她背上采访包,风也似的跑了出去。

二

总统事前没有半点儿风声就突然辞职,这在美国是没有先例的,珍妮特看准了这里头一定有文章。她驾车跑遍了国会大厦、白宫、五角大楼等关键地点,但什么异常迹象也没发现。这几个地方连门外的警卫都没增加,街上没有部队调动,联邦调查局亮灯的窗子也稀稀落落的。

她想给编辑部打个电话。前面靠近圣森特门的一家餐厅门口有座电话亭,亭里灯光雪亮。透过玻璃,她看见一个白发老者在打电话。忽然，"哗啦"一声，老人撞碎玻璃冲了出来，没命地往前奔跑。珍妮特本能地抓起摄像机。透过镜头，她看见一个穿风衣的人影向老人开了一枪。

只几秒钟，前后都响起了尖锐的警笛声，一阵交火之后，杀人犯仰面朝天倒在地上。

三

只有持特许证的人才能进入联邦调查局的B字档案库，这里储存的不是印伪钞的或贩毒者之流的档案，而是"干净"的军政要员的资料。

乔治已在电脑上检索了一整天，此刻正把一大沓纸塞进皮包里，赫德逊局长等着要这些东西。

赫德逊知道自己面临着一次重大挑战。自从联邦预算局长因"健康原因"辞职以来，两个月中又有6位政府高级官员自行引退，现在竟然轮到布鲁纳总统了。赫德逊从来不相信登上权力高峰的人会甘愿主动交出手中的权杖，他直觉地感到这7位权贵背后可能有一个巨大的阴谋。

乔治夹着公文包匆匆走进来，把分析报告放在局长面前："7个人的记录都没有疑点，犯罪可能性预测也是0。"

局长并不意外，他原不指望从这些要人的仕途经历中查出什么名堂，但也不相信世界上真有完全"干净"的政治家。

乔治又说："不过有一点似乎太过于巧合——这7个人都是1945年入籍的德国移民的后裔，基因鉴定表明，他们彼此还有血缘关系。"

"移民的理由是什么？"

"不清楚，他们的身份是难民。头一代移民多数已经去世，在美国没有犯罪记录。"赫德逊向通话机讲了几句。一个秃顶瘦子变魔术似的出现了，他是移民问题专家。

"我想知道，1945年从德国来的移民多吗？"

"大战末期，盟国海军完全封锁了德国的海上航路，没有船能偷渡出来。"

"一条也没有？"

"那年美国潜艇'海马号'在大雾中击沉了一艘难民船，难民大多被瑞典商船救起，送到了美国。人数较多的就这一次。"

"有多少人？"

"不到2000。"

"我要一份名单。"

"可以查得到的。"

专家退出去后，乔治说："这批移民现在的后裔为数可不少，要全面调查，工作量很大。"

赫德逊说："不，只要注意那些正在政府部门担任高职的就够了。对了，刚才我接到报告，甘特律师自杀了。"

"甘特？是布鲁纳总统提名为最高法院大法官的甘特律

师吗？"

"不错，他本应在明天宣誓就职的。我看，他应该列入你那张名单里的第8个。律师的自杀原因还不清楚，但48小时前，他接到过一个可疑的电话，是一个乡下老头子在圣森特门用公用电话打来的。老头子随后就被人杀死了，这个人是解开谜团的关键，现在案子在刑警手里调查。"

"我们恐怕不便插手警署的事。"

"找找办案人，必要时给点儿压力。"

四

尼克警官觉得，犯不着为一件普通凶杀案得罪联邦调查局。但使他发愁的是，他能提供的东西着实太少，被害人和凶犯都已当场毙命，别说口供，连身份都还没搞清楚。

他往嘴里丢了一片阿司匹林，拨通了法医的电话："老伙计，我在等着你的验尸报告呢。"

"我正在写老头儿的，没什么特别的。"

"凶犯的呢？"

法医犹豫着："有点儿问题，还没搞清楚。"

"什么问题？"

"这家伙是个机器人。"

"什么型号，生产厂和经销商是谁？"

"我不知道。市场上没有这种机器人。"

"找沙默尔看看，所有机器人的品牌他都认识。"

"找过了，他也不知道。他只能确定这是种血肉和金属的复合物，中枢神经特别发达。"

"麻烦你写个详细报告给我。"尼克挂上电话，从卷宗里抽出两张照片，再次端详起来。照片是《环球新闻》一位女记者碰巧拍到的，穿风衣的凶犯从身影看不出是机器人，倒是老头儿右手向外扬起，姿势有点儿怪。这回，尼克注意起街沿边的下水道入口来了。他一拍脑袋，迅速收起文件，乘车来到那个下水口旁边，挽起袖子，把手伸了进去。随后，尼克一阵狂喜。

他摸出了一块银质怀表，表链上还套着一片小塑料卡，那是机场寄物柜的磁锁钥匙。尼克用手帕抹净怀表，撬开后盖，里面刻着"泰龙·韦伯医学博士"的花体字。"走，去机场。"尼克一边向驾车的助手吩咐道，一边脱掉了沾满污水的外衣。

五

布鲁塞尔的世界智能机器委员会会议厅里聚集了100多名专家。

杰罗姆很奇怪沙默尔为什么至今还没有来。不过，由18名科学家联名提出的废除伦敦协定的提案还是被拿出来了。一位老资格的专家在讲台上大声疾呼，要求开放研制新一代高智能机器人："从技术角度来看，制造高智能机器人的时机早已成熟，继续实行禁令是愚蠢的。历史反复证明，新事物是无法被扼杀的。古罗马的宗教法庭可以烧死布鲁诺，但无法阻止日心说的传播。"

这一套杰罗姆早听腻了。他向窗外望去，广场上围着上千名示威者，正不停地高喊着："反对制造毁灭人类的机器人！"杰罗姆轻松地辨认出其中有些人就是机器人，不禁暗笑：机器人的智力就是低于人类！

一位服务员来叫他接电话，居然是大使馆的第一秘书找他："很抱歉地告诉你，《环球新闻》要我们转告，你妻子珍妮特发生了车祸，受伤了。有个电传，你自己来看吧。"

杰罗姆失魂落魄地赶到大使馆，第一秘书含笑请他坐下："别担心，珍妮特现在非常安全，什么车祸都没发生。"

"你们这是在玩什么把戏？"

"请原谅我。我得为你中途离开会场找个理由，你马上回华盛顿也得有个合理的解释。"第一秘书告诉他，白宫要他立即返回。

六

午夜，哈罗德被人从床上叫起来，应召赶往白宫。总统和安全顾问在等着他。总统开门见山地说："美国陷入了一个极其严重的危机。我们掌握了足够的事实，证明有一大批外形和我们一模一样，而高智能的铁血结合机器人已经在美国的土地上落地生根，掺杂在真正的美国人当中，繁衍生息、勤劳谋生。许多铁血人成就非凡，有的还担任了联邦政府的高级职务。事实上，铁血人已成为美国机体的一部分，并逐渐显示出他们的影响力。联邦调查局查明，去年一名铁血人促成了能直接控制拉美地区防务的《泛美互助协议》；预算局有一名铁血人在美国的进出口银行向外国政府贷款的数额上有很大的发言权；甚至，前总统布鲁纳先生本人也是一个……"

总统打住了话。安全顾问接下去说："联邦法律没有规定机器人可以从事的职业范围，因为原有的机器人智能很低，一般都只担当蓝领工作。但铁血人的智能很高，甚至更胜我们一筹。我们该怎么办？"

没人再说话，气氛凝重。总统拉开大窗帷，俯瞰着万家灯火，满怀忧患之情。片刻后，总统转过身来："我希望你带领一个特别小组研究这个问题，尽快向我提出建议。"

七

杰罗姆刚下飞机，就被一位官员接走了，径直送到了哈罗德的办公室。哈罗德面容疲惫，两眼充血："你来得正好，下午4点请你出席一个很重要的特别会议。"

没等杰罗姆发问，哈罗德便说明原委："前几天，圣森特门大街上有个老人被杀了。"

"我知道的，珍妮特讲过这事。"

"死者是泰龙·韦伯博士。警察在他放在机场的遗物中找到一盒磁带，磁带录了他的遗言。博士的遗言披露，美国许多重要部门都已被一种我们从不知道的机器人渗透了。"

"这是外国的颠覆阴谋吗？"

哈罗德爆出一阵意味深长的大笑："不是。你先听一下那盒录音，下午请你发表意见。"

杰罗姆不明白他笑什么，便拿起磁带，到一间休息室里仔细聆听起来。

一阵沙沙声之后，已故博士深沉的嗓音出现了。

八

我，泰龙·韦伯，美籍犹太人。我正在履行最后一次公民义务，即向联邦政府揭露一件可怕的事实。我发誓，我的话都是真的。

50年前，我32岁，当时我开了一间小诊所谋生。一天傍晚，两个男子来请我去为一位在美游历的阿拉伯王公出诊。因天色已晚，我想打个电话给妻子，他们阻止我说："王公是突然中风的，这消息若传出去会使政局不稳，所以出诊必须保密。"由于诊金很高，我欣然随他们上了汽车。

车走了一夜，来到一所远离公路的古老庄园。病人住在宅邸深处的塔楼里，屋角支着一张为我准备的行军床。他们向我交代完毕后便走了。

我开始为病人检查，他年过古稀，但面容俊雅，鼻梁挺秀，一点儿都不像阿拉伯人。解开衣襟后，我一眼就看到他胸部刺着"SS"两个字母，不禁浑身颤抖。好半晌，我才压住恶心，继续为他检查。老人神志不清，左侧肢体像鞭子般瘫软着，那是血块堵塞右边大脑的某条血管造成的。他的血液太黏稠了，必须把它稀释一点儿，才能让血液通过那条血管。我从自己手臂上抽出一品脱①血液，滤去血细胞，把血浆注入老人的静脉里。

这个方法应该是很有效的，但过了一个星期，病人的病情仍然毫无起色。我心中产生了一缕疑云：左脑中风的人才会丧失语言能力，他是右脑受损，为什么始终不说话？莫非是诈病？我决心试探一下。次日午后，我像往常那样，靠在椅背上打盹，几分钟后突然睁开眼睛。就在这瞬间，我看到他锐利的目光迅速从我身上移开，又恢复那迷蒙浑噩的样子。我霎时明白，他在暗地里观察我！我大步向前："先生！我知道你神志清醒，能够说话。你有什么难言之隐吗？"

我再三诚恳表白，他仍然是一副迷茫的样子，叫我束手无策。

晚上下起倾盆大雨。在哗哗雨声中，我忽然听到有人唤

---

①品脱：英美制容积单位，1英制品脱≈568毫升。

大夫，赶忙亮着了灯。是那个老人，他面如白纸、嘴角歪向一边。这回可是真的中风了！我想按铃叫人，他却抓住我的手："别惊动人！我有话要和你说。"

"我要叫人拿冰块来，否则你会死的。"

"我反正活不了啦！"他哆嗦着扯开衣襟，指着那个刺青，"回答我，这是什么？"

"党卫队①。"我鄙夷地回答。

"你这么年轻，怎么会知道这个？"

"犹太人都知道这个。我祖母就是被纳粹党卫队抓到奥斯威辛，死在毒气室里的。"

"那么，一个犹太大夫，知道我是纳粹分子，仍然用自己的血来救我的命？"

"我不想拯救你的灵魂，我的责任只是医治你的肉体。"稍歇，我语气缓和了些，"纳粹的罪行已经在纽伦堡得到了清算，而且都过去那么多年了。"

"你真是宽宏大度，我不能失去最后一个机会了。"老人喃喃自语一番，然后坚定地说，"大夫，求你私下代我向美国政府转达一个口信，若你肯帮助我，请发誓吧。"

"如果仅是转告一个口信，我发誓。"

"告诉美国政府，美国长了一个毒瘤，瘤细胞已扩散到

---

①党卫队：Schutzstaffel，为德语Schutz（护卫、防护、亲卫）与Staffel（团队、编群、队伍）的组合词，英文简称为"SS"，是德国纳粹党中用于执行治安勤务的编制之一。

了整个机体，愈来愈多地取代了健康的细胞。"

"这毒瘤是什么？"

"铁血人，一群高智能机器人。亚特兰大第一商业银行104号保险箱里有一份铁血人名单副本。保险箱密码是42771602，租用人名字是弗里茨·卢勃。"

"铁血人是外国派遣的间谍吗？"

老人吃力地摇了摇头，呼吸十分艰难："你能再帮我争取30分钟时间吗？"

我赶紧给他注射了一支复苏剂，几分钟后，老人回过气来，向我讲述了铁血人的来历。

铁血人的前身实际上是纳粹V型火箭的自控系统，性能指标很低。德国空军部召集了一批最优秀的科学家研究改进这种自动反馈系统，而领导这项工程的封·史拉姆博士深感再好的机器也比不上完美的人体结构，于是他将机械与生物技术结合，制造出这种有着血肉之躯的超级智能机器人。1944年年底，已有2000名铁血人在一个秘密基地接受了纳粹主义教育和军事技术训练。但这时战局已变得十分严峻。次年初，盟军突破德国最后一道天然防线——莱茵河，铁血团被迫向北突围到威廉港，但那里也很危险。领导他们的铁血人葛来道夫少将命令部队伪装成平民，乘一条运输船偷渡出海。不幸的是，船在封锁线一带被击沉了。葛来道夫只来得及做了一个指示：有机会生还的铁血人应以难民身份渗入盟国，力争站住脚跟，听候柏林指示。

后来，有1200名铁血人获救并到达美国，战后获准加入美国国籍，各自就业，定居了下来。将军虽很年轻，却老谋深算。他看到铁血团已无用武之地，但铁血人以其超凡脑力，不难循正常途径攀上上层社会，进而染指政、军各界的高级职务。如此一来，到第三、四代人时，美国的权力中心就会落入铁血人之手。于是，他宣布解散铁血团，自己与几名校官隐退，暗中观察这个百年大计的发展动态，直到如今。

听完老人的讲述，我产生了一丝疑惑："你怎么知道得这么清楚？你是谁？"他的眼神亮了一下，说道："我是封·葛来道夫空军少将。"

我大吃一惊："你！机器人？"

将军不答，脸上露出对我平庸的医术的一丝嘲讽。

九

我涨红了脸，又问："将军，你为什么现在要把你亲手建造的特洛伊木马毁掉？"

将军叹了口气，他是10年前开始萌生这个念头的。10年前，他回德国旅行了一次，希望看看新纳粹主义者在这纳粹覆灭的40周年之际能有多大的力量。他先回到当年的基地，发现营地已变成一座纳粹罪行展览馆。在展厅里，他看见一位法国老妇人忽然在一幅照片前号啕大哭起来，悲恸之情感天动地。原来，她认出照片中吊在电线杆上的人质便是她当年失散的丈夫，那天他出去买面包后就再没回家。已习惯了和平生活的将军看到这一幕，心里很不是滋味。

在柏林，他去勃兰登堡门凭吊了一番。他们铁血团曾在这里列队行进，接受希特勒的检阅，但如今那都是过眼云烟。冥思中，他忽然又听见列队行进的步伐声，定睛一看，原来是反战人士在示威游行。令他震惊的是，街上行人都对他们报以掌声。

将军带着沉重的失落感回到美国。两年后，他再次来到德国，这回是到纽伦堡。昔日的国际军事法庭依然巍立，来参观的大多还是德国人。将军发现，德国人不再是从前的德国人了，既没有当年那种疯狂傲视一切的神态，也没有了饥饿的面容。他们似乎都自由快乐，特别是他们谈到那场战争时的思维逻辑，和将军当初接受的原始程序代码完全格格不入。

此后，将军开始从另一个角度回顾自己走过的路，慢慢认识到，不仅是美国人，就连德国人也不再会接受纳粹主义。最终，他觉得应该中止这场百年游戏了，伤害善良无辜的民众是没有道理的。但这时，他退休了。

接任的校官是个盖世太保①，他一上任便雄心勃勃地筹划扩大渗透范围，将铁血人送往欧洲、亚洲和非洲。他这一系列操作也促使将军下定了决心。卸任后的将军不能任意外出

①盖世太保：Gestapo，德语Geheime Staatspolizei（国家秘密警察）的缩写。这个秘密警察组织成立后不久，被党卫队控制，成为纳粹政权屠杀无辜的恐怖工具。

活动，要把信息传递出去，得有个可靠的人帮忙。为此他等了很久，但始终没有机会。最后，他觉得让自己中风也许能制造一个机会。果然，他终于在最后一刻达到了目的。药物的力量已经耗尽，将军的声音愈来愈低，在雨声中几乎难以听清。刚说完这个天大的秘密，他便全身哆嗦一阵，双眼往上翻，咽气了。

我不禁对他肃然起敬。对我来说，他不是一台机器，而是一个勇敢的人。我突然想起一件事，忙凑近他耳朵大声问道："将军，铁血人有什么共同特征吗？"将军毫无反应。过了一会儿，他猛地又冒出一句："小指较短，没有阑尾，少一对肋骨。"

我带着一张支票和"必须忘掉这次出诊"的警告，平安地回到了家。但是50年来，因为怕连累妻子，我始终没把将军的口信转告给政府。因为那座庄园的铁血人一旦知道我和将军的谈话，可怕的报复就会落到我们的头上。我只是像将军曾做过的那样，注视着铁血人的各种活动，记录下来，希望有朝一日能将他们一网打尽。每当一名铁血人又担任了政府重要职务时，我心中就十分内疚，发誓要彻底除掉这个毒瘤。

时机终于来了。去年我妻子安然病逝，我再没有后顾之忧。但由于事隔多年，现在恐怕无法使人相信那个离奇的故事了。如果警察将我关进疯人院，铁血人的秘密就永远没人能揭开了。于是，我决定先把毒瘤的脓头挑开，等政府重视之后再揭开全部的秘密。

我选定10名身居高职的铁血人，在电话里揭穿他们的身世，威胁他们自行辞职——如果他们不照办，我就把事情捅给报社。我的武器就是亚特兰大保险箱里的资料，它很管用。尽管有的人并不了解自己祖先的经历，甚至不知道自己是机器人，但最后还是会明白过来的。

我知道我的行动可能会招来可怕的报复，但我不能再沉默下去了。死对我来说是一种赎罪，如果死能换来铁血团的覆灭，我便含笑九泉了。

✝

4点还差几分，杰罗姆就来到了会场。座位已按同心圆的形状一圈圈排好，每把椅子上都有一张印着名字的卡片。

杰罗姆的座位在靠中心的第一排。他很纳闷：按字母顺序，他的位置应该排得更靠后一些，而且通常前三排都是给最高级官员的位置。他左右望了望，发现和他在同一排的有国家安全事务助理、国家政务助理、中央情报局局长等核心人物，国防部、司法局的负责人在第二排，他还看到沙默尔坐在白宫新闻秘书旁边。

哈罗德在4点整准时到场，和他一起的是赫德逊和总统安全顾问。哈罗德主持会议，他简述了发现铁血人的经过："我们今天将对铁血人是否威胁美国安全，以及该采取什么对策做出最后结论。"

是否威胁美国安全？杰罗姆觉得哈罗德真傻。有人问，除了泰龙·韦伯的证词，有什么证据说明铁血人确实是机器人？会不会泰龙其实是个敌对国家的间谍，编造出一套铁血人的故事来打击美国政府的重要官员？

沙默尔站起来做证："我们手里已有一具铁血人尸体，他就是杀害博士的凶手。我亲自解剖了他，他的亚分子水平微观结构确实与人类不同，完全符合机器人的定义。"

"铁血人确实比我们聪明吗？"

"我认为是这样。铁血人的神经细胞不像我们只有一支轴突，而是复数轴突。也就是说，铁血人第一层次的神经网络不是二维的，而是三维的通路结构。杰罗姆可以作证，这种大脑正是科学界梦寐以求，同时又对它深怀戒心的东西。今天，专家们还在布鲁塞尔争论能不能容许它问世，但实际上它已存在100年了。"

会场静默片刻。哈罗德说："杰罗姆，对于铁血人是不是个毒瘤这个问题，特别小组想听听你的意见。"

杰罗姆清清嗓子，提出了他一贯的见解："和人类一样，智能生物必然有主宰世界的欲望，这是生存竞争的规律。铁血人既然是高智能生物，自然不能例外。我们应该尽早采取强硬措施，挖掉这个毒瘤。"

"我不同意这个观点。"沙默尔站起来针锋相对地说，"当代铁血人的血管里有一半是本土美国人的血液，这和不同肤色的混血儿一样，和我们之间不存在种族的生存竞争。相反，铁血人的智能基因将使美国人的先天素质得到改良。"

沙默尔的进攻既犀利又直截了当，杰罗姆有点儿不快，但毫不退让："智能机器的思维方式和人不同，铁血人的价值观念不可能和我们一样，这就是危险的根本因素。即使单从文化而论，铁血人如果增加到一定程度，我们的社会就会解体。"

沙默尔步步紧逼："应该说是更新。自古以来，人类的社会文化从没有停止过更新，我们称之为进步。"

哈罗德插了进来："除了学术性探讨，建议谈谈更实质的问题。"

杰罗姆态度明朗："铁血人是否安全仍未可知，他们既然已经把手伸进了美国的权力中心，自然是个很严重的威胁。"

这回沙默尔没再说话，赫德逊却开了腔："铁血人确实参与过某些重大政策的制订，但是他们没有违背美国的利益，甚至可以说，他们干得非常出色。他们除了是机器人，没有其他缺点，很难指责他们是美国的敌人。"

参议院议长补充了一句："以前美国排斥黑人参政，但现在美国用人不看肤色或种族，只看他是否忠诚于国家。对待铁血人，我们也应该遵循一样的原则。"

杰罗姆开始明白，特别小组内部已经拿定主意接受铁血人的存在了。但他不解，既然如此，为什么哈罗德还要特意让他赶回来出席会议？他无暇细想，粗略估量了形势：彻底毁掉铁血人的主张已不可能被特别小组接受，但至少要把他们的地位压低到和普通机器人一样，使之"无害化"。想毕，他说："为了保证美国安全不受威胁，起码应对铁血人的活动施加某种限制，比如，先在各个重要部门里把渗入的铁血人清除掉……"

司法部部长摇摇头："他们的职位是按正常程序任命的，只要他们没有违反法律，我们就无能为力。"

"那么，制订一项特别法案，禁止铁血人从事超出蓝领范围的工作。"

一位议员说："国会已通过授予机器人公民身份的法案，任何合法公民都受联邦宪法的保护。强行剥夺某些公民的合法权益会被解释为种族歧视，两院都不会批准。"

沙默尔没等杰罗姆再说话，表情严肃地说："杰罗姆，请回答一个问题。你一贯坚持机器人危险论的立场是众所周知的，实际上，你也是科学界中持这种观点的权威性代表人物。请你告诉我，你今天坚持铁血人是危险的，是因为你确信如此呢，还是出于保持你权威地位的需要才这么说？"

"你在侮辱我！沙默尔！"杰罗姆被激怒了。

"回答我，杰罗姆。"沙默尔平心静气，但语调坚决，不容抗拒。

"当然是确信如此！我敢赌咒发誓。"

"我完全相信你的话。"沙默尔笑着转向哈罗德，做了个询问的表情。哈罗德也满面笑容："我想我们的目的已经达到，诸位以为如何？"话音刚落，头三排座位上爆发出一阵激烈的掌声，整整持续了一分钟。

"我们的观点已经得到了论证。"哈罗德正式宣布，然后对杰罗姆说道，"杰罗姆，我没有告诉你，特别小组对铁血人是否危险也曾激烈地争论过，但最后都同意一个观点——他们不会威胁美国的安全。我们的立足点是，人的观念和行为无不是在特定的社会条件下形成的，或者说社会条件会造就人的观念和行为。这个法则适合于任何理智大脑，铁血人也不例外。不论他们的大脑和我们有多大的不同，只要他们生存在这个社会条件下，就要受这个法则的支配。他们总要通过自我调整，使自己的思维形式适合社会，从而归化于这个社会。因此，铁血人最终会无限接近于人类，而非成为绝对的敌人。"

全场一片肃静，连呼吸的声音也听得见。哈罗德凝视着空中，继续说："但是这种观点需要求证。怎样求证？大家一致同意，找个铁血人来验证他是否与我们拥有一致的价值观念——具体地说，就是看他是否忠诚于我们这个社会。于是，我们选中了你。"

"我？"杰罗姆的脸色霎时变成一片惨白，他不由得望了望自己的小指——它确比常人短了一些。

赫德逊同情地看着他："杰罗姆，泰龙·韦伯的名单中有你的名字，而且还列入了A级危害的一栏，因为你是白宫政策办公室官员，能左右美国的机器人政策。你也许不知道自己是铁血人，但你的医生证实你没有阑尾，少了两对肋骨。

这是去年你做胃部手术时他无意中发现的。医生没告诉你，因为这无关紧要，但他记录在了医案中。令人欣慰的是，对你的调查结果显示，你对美国是忠诚的。"

哈罗德又说："杰罗姆今天的态度也表明了他的忠诚，他的意见尽管未被我们接受，但他维护美国利益这一点是无可置疑的。其实，我比其他人更早看到了这一点，上午我告诉他政府机构被机器人渗透时，他的第一反应是问我这是不是敌人的颠覆阴谋。这和泰龙·韦伯的反应完全一样，而泰龙·韦伯的忠诚自然是没有疑问的。"

"诸位，我们现在是否可以得出结论，铁血人不构成对美国安全的威胁？是否可以向总统建议，把泰龙·韦伯的录音带放进档案馆封存起来？"

头三排座位里，除杰罗姆外所有人都举起了手。杰罗姆说："我认为后一点没有必要。直接把它公布出来，写进美国的人文教科书里。"

关于作者和作品

绿杨，本名李钜康，1934年生于上海。初中毕业后曾在某私立无线电学校学习无线电通信，1952年成为上海科普协会天文组会员，1961年毕业于安徽医学院。此后一直从事医学教育和临床工作，1984年获高级职称。1980年开始发表科幻作品，以及一些有关人体和医学方面的科普作品，受到读者喜爱。

《铁血人》是四次"银河奖"得主、中国科普式科幻代表作家绿杨的经典之作。故事设定在21世纪的美国，一个重大的秘密被揭露了——来自第二次世界大战末期，由德国纳粹生产的"铁血人"，即有着血肉之躯的高智能机器人，已经渗透美国超过了100年。第一代铁血人的领导葛来道夫少将因受到良心的谴责，临终前将铁血人的秘密告知美国政府。知道一代又一代的铁血人已在美国落地生根，并取得了巨大的成就，美国政府各部门高层人士召开紧急会议，制定应对铁血人的措施。机器人社会学专家、白宫科技办公室副主任杰罗姆力主将铁血人彻底铲除。没想到，会议的结论是不对铁血人采取任何行动——因为杰罗姆就是名单上的铁血人之一。

　　绿杨以生动的文笔、戏剧化的情节让读者深入思考"制作能超越人类的机器人"这个备受争议的话题，并以全新的角度看待人与机器人之间的界限。谁说机器人没有感情？也许将来"铁血人"真的有可能出现在我们面前。

天外来客撞击地球

［英国］赫伯特·乔治·威尔斯

新年第一天，有三座天文台几乎同时宣布，海王星的运动变得非常不规则。海王星是围绕太阳运转的最外层的行星。去年12月的一则新闻里，天文学家奥格威表示，他发现海王星的运行速度变慢了。然而，这样一则新闻没能引起多少人的关注，毕竟当时有很大一部分人连海王星这颗行星都不认识。后续观察发现，这颗受到扰动的行星附近出现了一个遥远、微弱的光点。天文学界对此感到异常兴奋，整个科学界也认为这一发现相当令人瞩目——即便当时人们尚未得知，这颗观测中的新星将会肉眼可见地迅速变大、变亮，它的运动方式与行星的有序前进截然不同，令海王星及其卫星的运行轨道发生了前所未有的偏离。

对天文知识不了解的人鲜少能意识到太阳系是何等孤独。太阳和几颗行星、尘埃云以及捉摸不定的彗星一起，在空寂无垠得难以想象的宇宙中遨游。就人类所观察到的情况而言，海王星之外的宇宙是一片空旷的空间，在30万亿千米范围内都是无光、无热、无声的一片纯粹的空白。这30万亿千米还只是最短的估测距离，但至少要越过这样的距离，才能到达下一颗相隔最近的星体。除了比最微茫的火焰还要虚无缥缈的几颗彗星，据人类所知，还没有任何物质曾经飞越过太空中的这道深渊——直到20世纪初，这颗奇特的流浪新星出现了。这是一团巨大而沉重的物质，从神秘黑暗的空间里毫无预兆地冲进了太阳的光辉之中。发现它的第二天，但凡用件像样的仪器都能清晰地看到它的踪影了，即便这个光点的直径十分微小——它在狮子座α星附近。没过多久，即便是用观剧望远镜也能看见它了。

新年的第三天，南北半球所有看报纸的人都意识到，苍穹中这一非同寻常的新星十分重要。伦敦的一家报纸给这条新闻冠以"行星相撞"的标题，并登载了学者迪谢纳的观点：这颗奇怪的新星很可能会与海王星相撞。许多评论家对这个话题做了进一步的讨论猜测。因此，1月3日这一天，世界范围内有相当一部分人对天空中即将出现某种现象满怀期待。日落之后，夜幕降临，成千上万的人开始仰望星空，可惜他们眼中所见的仍是那些古老而熟悉的星辰，与平日无异。

夜晚过去，伦敦迎来了黎明，头顶的群星也变得暗淡。这是一个冬日的黎明。天幕中透出微弱的晨光，煤油灯和蜡烛的黄光点亮了窗户，哪些人家已经起床一望便知。现在，除了打着哈欠的警察看到了它，在市场里忙碌的人也被眼前的景象惊得目瞪口呆，停在原地；按时上班的工人、送奶员、送报车司机、巡逻的哨兵、无家可归的流浪者，以及街上面色苍白、疲惫不堪、正要回家的浪子，他们都看到了；还有在乡间田野里艰难跋涉的农民，鬼鬼祟祟的偷猎者，正在海面上等候白昼的海员……在这片正逐渐活跃起来的昏暗国土上，每个地方的人都能看见它——那是一颗硕大的白色星体，它赫然出现在了西面的天空中！

它比天上的任何一颗星都要明亮，比夜里光芒最盛的星星还要耀眼。天亮后的一个小时，这颗白色的大星星仍然光彩夺目。它不再只是一个闪烁的光点，它成了一个清晰闪亮的小圆盘。在科学尚未普及的蛮荒之地，人们瞪大了眼睛，心怀恐惧，相互讨论着天上如火焰燃烧的异兆所预示的战争和瘟疫。世界各地的人都沐浴在日出的温暖中，注视着这颗突然升起的新星。

在世界各地的天文台里，工作人员都压抑着内心的兴奋，而当那颗遥远的新星和另一颗星撞到一起的时候，这些压抑的兴奋瞬间变为激动的大喊大叫。人们匆忙地奔走，去取摄影仪、分光镜以及这样那样的设备，以便记录下这惊人新奇景象——一颗行星的毁灭。那正闪动着光焰走向毁灭的星球，是地球的一颗姊妹行星，比地球要大得多。那是海王星，它在众目睽睽之下被这颗来自外太空的奇怪新星撞了个正着。撞击产生的热量无法遏制地将两颗固态的星球变成了一团耀眼的白光。那一天，那颗在拂晓来临前两小时出现的庞大白色星体似乎跟着地球转了一圈。直到太阳也到了西面，落在它的上方，它的光芒才逐渐淡去，缓缓西沉。世界各地的人都在为此惊叹，而在看见这颗星的人当中，没有人能比水手们更感到惊奇。水手们有观星的习惯，又长期生活在海上，在它到来前没有听说过任何关于它的信息，此时却眼看着它再次像一轮小小的月亮那般冉冉升到天顶，悬在头顶，然后又随着夜晚的终结而再次西沉。

第二天夜晚，当这颗星再次在欧洲上空升起时，山坡、屋顶、空地，到处都是成群结队的观星人。他们注视着那颗硕大的新星——这一次它从东方升起，蒙着一片白光，就像一团白色火焰，发出了耀眼的光芒。前一天见过这颗星的人一见到它就大喊起来：“它变大了！变亮了！”那天晚上的月亮是弦月，大小相当于满月的四分之一。那颗怪星是一个完整的圆，宽度虽然不及月亮，但整体面积和亮度确实都比正在西沉的月亮大。

“它变亮了！”聚集在街上的人们喊道。但在光线昏暗的天文台里，观测人员却屏住了呼吸，面面相觑。“它近了，”他们说，“近了！”

一个接一个的声音重复道：“它近了！”嘀嗒作响的电报接收到了这句话，这句话也顺着电话线的震动传播了出去，上千座城市里的排字工人用积满污垢的手排出了这句话。“它近了！”在办公室里奋笔疾书的人们猛然冒出一个

奇怪的念头，停下了手中的笔；不同地方正在交谈的人们在这句话里突然意识到了一种荒唐的可能性。"它近了！"这句话被人高声喊出，沿着城市里正在苏醒的街道匆匆传开，顺着村庄里覆有寒霜的寂静道路滑过。从电报上读到这句话的人站在黄色灯光照亮的大门前，向路过的人高声喊出这个消息。"它近了！"舞会上光彩夺目的娇美女子脸颊绯红，在舞曲间隙听人戏谑地讲起这个消息，言不由衷地装出一副感兴趣的模样说："近了呢！还真奇怪啊！能发现这样的事情，得是多聪明的人啊！"

孤独的流浪汉正设法熬过漫漫寒冬，望着天空，喃喃地念着这句话来安慰自己。"它得离近点儿，因为黑夜就像人们的施舍一样冰冷。可就算它确实近了些，好像也没带来多少温暖啊，一切还是老样子。"

"一颗新星对我又算什么？"跪在死去的亲人身边哭泣的女人叫道。

一个学童早早地起床准备考试，苦苦思索着一个问题。此时，那颗硕大的白星闪耀着灿烂的光芒，照着窗户上的霜花。"离心力，向心力。"他将下巴搁在拳头上，说道，"如果使一颗正在运动的行星停下，并使其失去离心力，会怎么样呢？它会在向心力的控制下飞向太阳！然后……"

"我们的地球挡它的道了吗？我想知道……"

太阳西沉如常，白昼的光明消失了，这颗奇异的星在寒霜凝结的黑夜中再度升起。它挂在太阳落下的位置，硕大无朋，相当明亮，把日渐变圆的月亮衬得如同淡黄的幽灵。此时，南非一座城市的街道灯火通明，在欢迎一位大人物带着他的新娘一道归来。"就连天空都为您亮起来了。"迎接他的人恭维道。在摩羯座的下方，一对相爱的黑人情侣蹲坐在一片甘蔗丛里，那儿有萤火虫在飞舞。"那是我们的星星。"他们呢喃着，从新星温柔的光亮中感到莫名的安慰。

一位著名的数学家终于完成了计算，把所有的文件都推到一边。白天，他一如既往地给学生们讲课，平静、清晰且耐心，回家后便立刻重新投入这一意义重大的计算。此刻，他神情严肃，面容憔悴，但仍有些亢奋。他似乎陷入了沉思，一段时间后他走到窗前，将百叶窗"咔嗒"一声拉了上去。那颗星就悬在半空中，悬在城市鳞次栉比的屋顶、烟囱和尖塔之上。

他看着它，仿佛直视着一个毫无恐惧的敌人的眼睛。"你可以杀死我。"片刻的沉默之后，他说，"但我也可以用我这小小的脑袋来预测甚至是操控你和整个宇宙。我不怕你，永远不会。"

第二天中午，他分秒不差地准时走进阶梯教室，按照平时的习惯，先把帽子放在桌子的一端，再仔细挑选一根长长的粉笔。他的学生曾经开玩笑说，如果他指间不夹着一根粉笔，就没办法讲课。有一次，学生们藏起了他的粉笔，整堂课他都无精打采。他走过来，灰白眉毛下的一双眼睛望着座位上一排排富有朝气的年轻面孔，用他惯用的看起来经过深思熟虑的措辞说道："出现了一些我无法控制的情况。"他停顿了一下，继续说："这会妨碍我完成原先设计好的课程。同学们，请容许我把话说得简明扼要——人类到目前为止似乎白活一场。"

学生们面面相觑。是他们听错了，还是老师疯了？有的学生扬起眉毛，有的学生咧嘴大笑，但还有一两个学生依旧专心注视着数学家那平静而沉着的脸。"我要占用今天上午的时间，尽可能向你们阐述清楚让我得出这个结论的各种计算。"他说，"这会很有意思的。我们不妨假设……"

他转向黑板，想着要怎么用他习惯的方式画一幅示意图。"'白活一场'是怎么回事？"一个学生低声问另一个。"听着吧。"另一个学生朝老师点头道。

不久他们就明白了。

那天晚上，那颗星升起的时间晚了些。它向东移动，穿过狮子座，朝室女座方向飞去。它的光芒极为耀眼，以至于当它升起之时，天空成了明亮的蓝色。大部分的星星都隐匿不见了，只能看到天顶附近的木星、御夫座 α 星、金牛座 α 星、天狼星和北极星。这颗星皓白耀眼，美丽绝伦。那天晚上，全球多个地区的人都能看到它周围环绕着一圈苍白的光晕。看得出它变大了。在热带地区澄澈的天空中，它的大小已接近月亮的四分之一。在英国的城镇，地上虽仍有寒霜，街道却被照得分外明亮，如同身处仲夏。人们可以借着那清冷的星光阅读，城市里的灯光显得昏黄而暗淡。

那天晚上，整个世界的人都因为这颗新星的变化无心睡眠。那颗令人目眩的星悬挂在头顶，跟着地球一起转动。随着黑夜的流逝，它越变越大，越变越亮。

　　城市里所有的街道和房屋都灯火通明，船坞也亮着灯，通往山区的道路整晚拥挤不堪。大陆附近的海洋里几乎都是发动机轰鸣且风帆鼓荡的船只，满载了人和各种动植物，驶向远方。那位著名数学家的警告已经通过电报传遍了全世界，并被翻译成了上百种语言。这颗新星其实一直和海王星滚烫地紧拥在一起，急速旋转着，以越来越快的速度向着太阳飞去。这团炽热物体的飞行速度已达每秒上百千米，而且它那可怕的速度每一秒都在加快。按照现在的飞行状态，它会从距离地球上亿千米远的地方飞过，不会对地球造成什么影响。但它的原定路线附近存在别的干扰因素——巨大的木星及其卫星正声势浩大地绕着太阳旋转。现在每过一刻，这颗炽热的新星与太阳系中最大的行星——木星之间的引力就增大一分。那股引力会带来怎样的结果呢？木星会不可避免地偏离原本的轨道，这颗燃烧的星也会被木星吸引，导致冲向太阳的路线发生偏移，"划出一条弯曲的轨迹"，从离地球极近的地方飞过，说不定还会与地球相撞。"地震、火山爆发、飓风、海啸、洪水，还有在全球范围内稳步上升的气温——我不知道最高会到多少摄氏度。"那位数学家是这样预言的。

　　仿佛是为了验证数学家的话，人们头顶上的那颗星开始闪烁着孤独、冰冷、颜色铁青的光，仿佛在预示着即将来临的末日。

那天晚上，又有许多人盯着它瞧，直盯得双眼生疼。他们似乎能用肉眼观察到它正在接近地球。也是在那天晚上，天气发生了变化，覆盖着整个中欧、法国和英国的寒霜开始消融。

但是，不要因为我说到有人彻夜不眠、有人登船而去、有人逃向山区，你就以为全世界都已因那颗星而陷入恐慌。事实上，惯例仍然统治着这个世界。除了在闲暇时聊聊天、欣赏夜晚的壮景，绝大多数的人仍然在为工作忙碌。在所有的城市里，除了偶尔有那么一家不一样，各个商店依旧按照正常时间营业。医生和殡葬业者从事着自己的工作，工人聚在工厂里，士兵忙着操练，学者投身研究，小偷躲藏逃跑，政客继续筹划阴谋。报社的印刷机整夜轰鸣，刊出公元1000年的那场教训——当时，人们也以为世界末日已经到了。人们认为，这颗新星不是会发光的恒星，仅仅是一团气体而已，说不定只是一颗彗星。它若是恒星，就更不可能撞上地球，因为这样的事并无先例。所有人都坚定地相信着他们所知的常识，用轻蔑而戏谑的态度压制内心难以消散的恐惧。当晚，格林尼治时间7点15分，这颗星将到达离木星最近的位置，全世界都将共同见证接下来会发生什么。数学家的严正警告被许多人当成是精心炮制的自我炒作。经过一番争论后，略为激动的常识论者上床睡觉了，以此表明他们坚定不移的信念。野蛮和蒙昧也已厌倦了这新奇的东西，继续在夜间横行霸道。除了零星的狗叫，动物们毫不关心这颗星的存在。

欧洲诸国的观察者终于等到那颗星再次升起。它确实又晚出现了一个小时，但与前一晚相比并没有变大。此时还有很多人仍然醒着，他们开始嘲笑那位数学家——危险似乎已不存在。

但随后人们就笑不出来了。那颗星在持续变大——每过一小时就变大一点儿，变大的速度稳定得让人害怕。它离午夜的天顶越来越近，同时越来越亮，直到将夜晚变成了第二个白昼。倘若它没有沿着弧形的轨迹飞行，而是直奔地球而来；倘若它没有因木星而放慢速度，那它跃过这段遥远的距离到达地球附近大概只需要一天。但实际上，它花了五天时间才到达地球附近。次夜，英国人眼前的新星已有月亮的三分之一大。寒霜已经完全消融了。它从美洲上空升起时，大小与月亮相差无几，白得令人目眩。气温开始上升了，每当这颗星升起，总会刮起一阵热风。在弗吉尼亚、巴西和圣劳伦斯山谷，它的光芒不时穿过翻腾的雷暴云、炸响的紫闪电和前所未见的冰雹，洒向大地。在曼尼托巴[①]，冰消雪融带来了破坏性极强的洪水。那天晚上，地球所有山脉上的冰雪开始融化。这些从高地流出的河水浑浊而汹涌，很快，上游的河水中就裹挟了打旋的树木和人畜的尸体。在那阴森的星光

---

①曼尼托巴：加拿大中南部的一个省。

下，河水持续稳定地上涨，漫过河岸流淌而出，追赶在河谷中奔逃的人群。

沿着阿根廷的海岸，从南大西洋往北，潮水上涨的高度史无前例。在许多地方，风暴驱赶着海水往内陆奔流了几十千米，淹没了一座座城市。夜间变得相当炎热，太阳升起后反而有些凉意。地震开始了，并且不断加剧，从北极圈到合恩角①，贯穿整个美洲。山体滑坡愈演愈烈，地面张开了道道裂缝，房屋和墙壁倾颓毁坏。在一次强烈的地震中，科多帕希火山②有整整一面山都塌了。火山岩浆喷薄而出，喷得那么高，覆盖得那么广。流动的岩浆速度奇快，一天之内就流到了大海。

那颗星升到了太平洋上空，黯淡的月亮尾随着它，雷暴雨像长袍的褶边一样在后面拖曳。越涨越高的潮波艰难地跟着它翻涌，迫不及待地泛着泡沫，倾泻在一座又一座岛屿上，把岛上的人统统卷走。一道巨浪突然出现——在耀眼的星光和熔炉般炎热的空气中，它来得既迅疾又骇人——那是一道约15米高的水墙，在亚洲绵长的海岸上如饥似渴地咆哮着，冲向内陆。无助而恐惧的居民本就无心睡眠，听见低沉的洪水声变得越来越响，连忙拖着因炎热而变得沉重的四肢，呼吸急促地逃离死亡——身后白色高墙般的洪流正飞奔

①合恩角：智利南部合恩岛上的陡峭岬角，位于南美洲最南端。
②科多帕希火山：一座层状火山，位于南美洲安第斯山脉厄瓜多尔境内。

而来。

这颗星现在比太阳更热、更大、更亮了，成了一团暗红色的火球。一座座火山正喷出蒸汽、烟雾和火山灰，向它的来临致敬。上方是熔岩、炽热的气体和火山灰，下方是沸腾的海水。整个地球随着地震而摇晃，隆隆作响。没过多久，喜马拉雅山上亘古以来的积雪开始融化，沿着上千万条越来越深且不断汇拢的水道滚滚而下，倾注在缅甸和印度的平原上。印度丛林中竟有上千处地方着了火，逃生的居民陷入茫然无措的混乱中，沿着宽阔的河道朝暂时还象征着希望的大海逃去。

那颗星仍在不断变大、变热、变亮，速度快得可怕。热带的海洋不见了粼光，黝黑的浪涛不断升腾又骤然落下。旋转的蒸汽形成一个个圆环状气团，鬼魅般从浪涛间升起，其间点缀着在暴风雨中颠簸的船只。

接下来，奇迹出现了。对那些在欧洲等候着这颗星升起的人来说，地球似乎已经停止了转动。上千处空旷的高地成了人们的避难所，那些为了躲避洪水、倒塌的房屋和山体滑坡的人们在那里等候着它的升起。但一小时又一小时过去了，焦虑的人们发现，这颗星没有升起。人们又一次看见了那些他们以为此后会永远隐匿的古老星座。在英国，尽管地面一直在颤抖，天气炎热，但头顶的天空却十分晴朗。在热带地区，天狼星、御夫座α星和金牛座α星的星光穿透了遮天的蒸汽。过了近十个小时，那颗硕大的星终于升起，而太阳就在它上方不远处。那颗白色星体的正中央，出现了一个黑色圆盘。

在亚洲上空，那颗星开始慢慢下落。随后，在印度的居民发现，它的光突然变得黯淡了。那天晚上，印度的平原上聚起了一片海水，闪烁着波光。露出水面的庙宇和宫殿、小山和丘陵都黑压压地挤满了人。塔顶上的幸存者密密麻麻，稍有不慎，扛不住热浪和恐惧夹击的人就会掉进浑浊的水中。绝望的情绪在平原上蔓延，整个大地似乎都在恸哭。突然间，一道阴影出现在天空，一股凉风同时吹起。空中聚起簇簇云朵，空气也变得凉爽起来。人们不顾星光刺眼，纷纷抬头仰望那颗星。他们看到一个黑色圆盘正慢慢从亮光中升起。那是月亮，挡在了那颗星和地球之间。就在这一喘息之机，太阳以一种不可思议的速度从东方飞快地冒了出来。那颗星和太阳、月亮一起出现在苍穹之中。

欧洲的观测者看到，那颗星先是和太阳一同再次升起，匆匆向前冲行了片刻，然后放慢速度，最后停下来，和太阳在天顶汇成了一团夺目的火焰。月亮不再遮挡那颗星，在璀璨的天空中隐匿了踪迹。部分幸存者愚钝地把这个现象当成新一轮绝望的先兆——饥饿、疲劳、高温和无尽的绝望即将袭来，但仍然有人能够理解这些迹象代表的含义。先前，那颗星运转到了它行进路线中与地球距离最近的位置，围着地球转了几圈；现在，那颗星已经飞走了。它开始远离地球，速度越来越快，开启了以太阳为目的地的最后一段旅程。

天上的云团不停聚集，遮蔽了天空，仿佛笼罩了整个地球。随后雷电交加，世界范围内下起了人们前所未见的倾盆大雨。火山在华盖般的云层下闪耀着红光，滚滚泥浆从红光处倾泻而下。雨水冲刷陆地，留下充塞着淤泥的废墟；大地如同被风暴蹂躏过的海滩，四处凌乱散落着各种漂浮物，包括人畜的尸体。一连多日，洪水在陆地上奔流而过，卷走挡道的泥土、树木和房屋，在荒野中冲出巨大的沟渠。那颗星带着它的炎热远去之后，留给人类的就是这样黑暗的日子。与此同时，地震持续了许多个星期，许多个月。

可毕竟那颗星已经飞走了，地球现在安全了。为饥饿所迫的人们逐渐鼓起勇气，慢慢回到他们被摧毁的城市，挖出被掩埋的粮仓，重整被浸透的田地。寥寥几艘在风暴中幸免于难的船靠岸了。它们一路上晕头转向地航行，小心翼翼地绕过新出现的暗礁和浅滩，破破烂烂地回到曾经熟悉的港口。风暴平息后，人们发现各地的气温都比从前高了。太阳变大了，月亮只有原来的三分之一大小，两次新月的间隔天数增加到了80天①。

在这之后，投身灾后重建的人们怎样建立了兄弟般的情谊；恢复法律秩序、抢救书籍、重造机器的过程有多艰难；水手们亲眼看到冰岛、格陵兰岛和巴芬湾②的海岸上有葱翠而舒适的绿地后，仍然久久不敢相信；由于地球温度升高，人

---

① 原本从一个新月到另一个新月的间隔天数为29.53天，约一个月。
② 巴芬湾：北冰洋属海，位于北美洲东北部巴芬岛、埃尔斯米尔岛与格陵兰岛之间。

类开始朝南北两极迁移……但后续的一系列变化，这个故事都不打算讲了。

火星上的天文学家们——火星上也有天文学家，只不过他们是与人类大不相同的生物——自然对这些事情非常感兴趣。当然了，他们是从自己的角度来看待这些事情的。"考虑到那枚穿过太阳系、飞入太阳的投射物的质量和温度，"其中一位天文学家写道，"它与地球擦肩而过，地球却只遭受了如此轻微的破坏，真是令人吃惊。原有的大陆板块和海洋面积竟然基本未变，唯一的改变似乎是两极周围的白色区域（据观测是固态的水）缩小了。"由此可见，对与我们相距几亿千米的智慧生命来说，人类经历的这场史上最大的浩劫是何其微不足道。

（罗妍莉 译）

关于作者和作品

本作品原名《星》（*The Star*），发表于1897年，但故事的主题在今天看来依然不过时。作者赫伯特·乔治·威尔斯在科幻文坛中与儒勒·凡尔纳齐名，每部作品都能给读者带来无与伦比的阅读体验。但相对于凡尔纳作品中丰富的超时代发明，威尔斯的作品充满了对不可知的未来的忧虑，以及对人类社会的批判。《天外来客撞击地球》属于最早描述不明天体"大撞击"的一篇作品，开创了新的科幻故事类型。

一颗来历不明、难以预测轨迹的星体，带来了难得一见的天文景观，吸引了所有人的注意。最开始只是茶余饭后的谈资，后来演变成为一个吉祥的征兆，又在顷刻成为灾难的标志。威尔斯极尽可能地想象了这颗新星对地球造成的影响，描述了宛如末日的全球性灾难的骇人场面，最后升华到"人类之于宇宙是何等渺小"的主题上——正因为如此渺小，每个人只需要遵从本心，过好当下即可，不必过度焦虑不可知的未来。

火星人的后裔

[美国] 亨利·比姆·派珀

一次厄运连连的远征，会是一个骄傲的古老物种的终结，还是一个新物种的起点？

在我们的历史记录中，有一些奇怪的空白。在类人物种被发现之后，我们意识到人类就像是突然冒出来的物种一样。如果说类人物种进化的"下一步"就是人类，那么其发展速度对于循序渐进的进化链来说，显得过于迅猛。也许本篇故事中提到的可能发生过的事情，能够为这个谜题提供答案。

一

飞船上没有白天，也没有黑夜，黑漆漆的太空中镶嵌着宝石一样的星辰。这样的景色不断掠过飞船的监视屏幕，时间也随之悄然溜走。船员共三人，一人当值，两人歇班。对于他们而言，时间还有些意义，但对于船上数千名前往新宜居行星的男女而言，时间毫无意义。他们在飞船上睡觉、玩耍，为完成他们能想出的各种任务忙碌，然后再次入睡。与此同时，巨大的飞船沿着早已设定好的轨迹不断前进。

军官卡尔瓦·达德将带领这群殖民先锋在新家园开荒，但现在他和他们一样，无事可做。作为船上的官员，达德要为航行的方方面面负责，但这是他五年多以来头一回发现自己确实无事可做了。他不习惯现在的无所事事，这比飞船启程前，在多尔沙星忙于将各种物资装船的时候让他累得多。他又过了一遍着陆计划和安全计划，发现所有能想到的可能发生的紧急状况他都做好准备了。达德在船上漫步，不时和一些未来的殖民地居民聊上两句，发现大家的精神比他以为的要好得多。他凝视着屏幕，就这样待了好几个小时。屏幕中是飞船的目的地——塔里什行星，它变得越来越大，越来越清晰。

现在，旅程已经接近尾声，他正在船尾七号船舱的货舱里，身边有六个女孩在帮他清点着陆后立即要用的建筑材料。在这之前，他们已经再三检查过这些材料了，不过再多检查一次也无妨。毕竟，这是件能让他们打发时间的差事，女孩们似乎也乐意和达德一起共事。这六个女孩里，身材高挑的金发女孩奥尔娃是电磁技术员，说话不客气的小个子女孩瓦尼丝是机械师助手，吉娜是外科医生助手，黑头发的是安娜莉亚，朵利塔是个会计，小艾尔德拉是武器技术员。眼下，她们都坐在储藏室角落的桌子旁，一边叽叽喳喳地聊天，一边清点材料。

"凿岩机用的系缆桩有吧？"朵利塔热心地问，尽量不闲聊，"我们一下船就需要这东西，对吧？"

"没错，我们得建临时军火库，好放我们的炸药、轻武器和炮弹。还得挖储藏窖，用来存放可裂变物质和放射性物质。"达德答道，"从船上卸下那些东西之前，我们得先准备好能安全储藏它们的地方。如果我们在地表附近碰到坚硬的岩石，我们就得钻孔，进行爆破。"

"钻孔机要放在那种预制棚屋里。"艾尔德拉边想边说，"棚屋还能放下所有的系缆桩吗？"

卡尔瓦·达德耸耸肩说："也许能吧。要是不能，我们可以砍树，把树干做成架子，然后把系缆桩搁在外头。系缆桩不是铁做的，完全可以露天储藏，不怕生锈。"

"那也得有树可砍才行。"奥尔娃说。

"这我倒是不担心。"达德回答，"我们对塔里什星的环境了解得相当清楚。我们的天文学家通过望远镜对那里进行了长达十五个世纪的观察。那颗星的北极地区有一大片冰盖，但冰盖正在缓慢缩小。冰盖南侧有一条宽阔的带状区域，我们相信那是一片草原。再南边还有一条常绿林带。我们计划在北半球草原带和森林带之间的某个地点着陆。塔里什星的水资源比多尔沙星的要丰富得多，我刚才说的'草原'和咱们星球上长满狗尾巴草的平原可不一样,当然'森林'也不是咱们那儿的灌木丛能比的。那儿的植被应该比咱家乡的茂盛多了。"

"如果那儿真有一大块极地冰盖,夏天肯定相当凉爽,冬天则会冻得要死。"瓦尼丝开始推想,"我觉得那样的话,塔里什星一定有长有厚毛的动物。上校,到时候给我打一头带舒适软毛的动物吧,我喜欢皮毛。"

卡尔瓦·达德咯咯笑了起来,说道:"我才不会为你打猎呢,要皮毛,自己去打。我见过你用卡宾步枪的样子,知道你的手枪射击成绩。"

突然有阵风刮来,掀动了桌子上的纸。他们一起转过头去,看到飞船上的一间火箭艇泊舱打开了,一位叫塞尔达·格拉夫的年轻空军中尉正从打开的气闸门中走出来。他将留在塔里什星,成为他们的驾驶员。

"别告诉我你坐那玩意儿去了趟塔里什星,然后又回来了。"奥尔娃跟他打了个招呼。

塞尔达·格拉夫朝她咧嘴一笑,回答:"我本来是要去的。我们现在距离那儿只有二三十个行星直径了。在下一轮执勤之前,我们应该就能进入塔里什星的大气层了。我只是在检查小艇,确认一下它们是否可以随时出发而已。卡尔瓦上校,您介意过来一下吗?长官,有件事我觉得应该向您汇报。"

卡尔瓦·达德离开了桌边，跟着格拉夫走向那间泊舱。他们刚走进气闸门，年轻中尉脸上愉悦的表情就立刻消失了。

"长官，我把您找过来是因为有些话不想当着那些女孩的面说。"他说道，"我检查这些火箭艇是为了确保大家能快速撤离。我们的防流星撞击系统不管用了，侦测装置死得比第四王朝还彻底，爆破装置无法同步操作……上校，大约一个半小时前，您有没有听到巨大的撞击声？"

"听到了，我以为是飞船上的人在船尾的货舱里搬运重型设备。那声音是怎么回事，咱们被一颗流星撞上了？"

"是的，就撞在船尾的十号船舱上。那颗流星和火箭艇的头部差不多大。"

卡尔瓦·达德惊呼："天啊！侦测装置一定是完全失效了，不然那么大的东西经过，怎么没有一个飞艇站发出警告？"

"长官，乌拉基尔船长不想引起恐慌。"这位空军军官回答，"真的，向您提起这件事其实是我违反命令了，但是我觉得您应该知道……"

卡尔瓦·达德骂骂咧咧地说："乌拉基尔船长没有脑子吗？真是愚蠢！也许他的船员会恐慌，但是我的人不会。我要呼叫总控室，跟他掰扯清楚！"

他跑出气闸门，回到货舱，朝桌子旁边的内部通话装置大步走去。电话还没接通，又发生了一次严重的撞击，整个飞船都晃动起来。他和跟着他走出泊舱的格拉夫，还有听到指挥官愤怒的吼叫后站起身来的六个女孩都被震趴到了地上。达德赶紧起身站稳，顺便也把吉娜拽了起来，和她一起将其他人也搀扶起来。飞船上突然铃声大作，天花板上的红色报警灯闪烁不停。

"注意了！注意了！"内部通话装置里突然传来总控室某个军官的声音，"飞船刚刚遭到一大颗流星撞击！十二号船舱和十三号船舱全部封闭。十二号船舱和十三号船舱里的所有人员，立即戴上氧气面罩，接入最近的通话装置。你们所在的船舱发生了空气泄漏，但你们暂时无法撤出。只要你们立刻用上氧气装备就没事了，我们会尽快把你们救出来。无论如何，我们距离塔里什星的大气层只有几个小时的路程了。十二号船舱和十三号船舱的全体人员，戴上……"

卡尔瓦·达德骂得更凶了："这下好了！彻底玩完了！这个船舱的生活区里还有别人吗？"

"没有了，只有我们。"安娜莉亚告诉他。

"上面的人都有私人火箭艇，他们可以照顾好自己。女孩们，你们上那艘火箭艇。格拉夫，你和我去提醒上面的人……"

又是一次撞击，比前一次更严重，他们再次跌倒在地。等他们爬起来时，一个新的声音在广播里吼道："弃船！弃船！转换系统发生回火故障，引发了火灾，燃料快漏进着火的轮机舱①了！飞船即将发生爆炸！全体船员，弃船逃生！"

达德和格拉夫立刻抓起女孩们，几乎是将她们挨个扔进了火箭艇舱门。随后，达德先把格拉夫推进去，自己这才跳入火箭艇。他还没站起身，就看到两三个女孩正在协作关闭舱门。

"好了，格拉夫，快飞！"达德下令，"飞船爆炸的时候，我们至少要离它160千米，不然我们就会和它一起被炸成碎片。"

"难道我不知道吗？！"格拉夫双手飞快地操作飞船，扭头回了一句，"大家伙儿都抓住点儿什么东西，我要同时启动所有的喷射装置了！"

达德上校和女孩们都紧紧搂住艇内的支柱或者固定家具，火箭艇一下子冲出了泊位。等达德的头脑再次清醒的时候，火箭艇已经在宇宙中安全飞行了。

"怎么样？"格拉夫大叫，"大家都还好吧？"他迟疑了一下，说，"我好像昏迷了十秒左右。"

卡尔瓦·达德看向女孩们。艾尔德拉流鼻血了，正在用她的工作服止血；奥尔娃的一只眼睛上有瘀伤。除了她们俩，其他人都安然无恙。

"好在我们都醒过来了，没有永远沉睡。"他说，"来，我们打开屏幕，看看外面发生了什么。奥尔娃，去把

---

①轮机舱：动力装置和各种机电设备所在的舱室。

无线电打开。试着联系其他人，看看有多少人成功逃出。"

"目的地设为塔里什星？"格拉夫问，"我们的燃料不够回多尔沙星。"

"我担心的就是这个。"达德点点头，"那就去塔里什星吧。北半球，现在太阳直射的那边。尽量降落在温带边缘，尽可能靠近水源……"

二

他们再次因震动而摔倒，这次沿着火箭艇的艇身摔到了后面。他们站起来，看到格拉夫伤心地摇着头。"飞船爆炸了，"他说，"一定是我们正后方的爆炸产生的冲击波影响到了小艇。"

"好吧。"达德揉了揉发青的额头，"目标塔里什星，关闭所有的喷射装置，直到我们做好了着陆准备。"

屏幕亮了，全视野呈现了艇外的宇宙，他们即将降落的那颗行星的庞大身影就在面前。行星的北极对着他们，其唯一的卫星也在极侧。无论哪侧的屏幕上都没有其他火箭艇的迹象，后视屏幕充斥着火箭艇喷气口的黄色火焰，一片模糊。

"关闭喷气，格拉夫。"达德又说了一遍，"你听见我说话了吗？"

"长官，我已经照做了！"格拉夫指了指发射控制面板，然后瞥了一眼后视屏幕，"救命啊！火焰是黄色的，是喷射口着火了！"

卡尔瓦·达德说过，他的人不会恐慌。他的确没吹牛。虽然六个女孩都脸色煞白，还有一两个发出了低声惊呼，但也就只有这些反应了。

"接下来会怎样？"安娜莉亚想知道，"我们也会爆炸吗？"

"是的，只要火沿着燃料管线一直烧到燃料箱。"

"在那之前我们能在塔里什星上降落吗？"达德问。

"我可以试试。要不降落在它的卫星上？那儿更近。"

"近是近，就是没有空气。看看吧，你自己看看。"卡尔瓦·达德说，"那颗星球质量太小，抓不住大气层。"

格拉夫看向这位军官的眼神里又多了一分敬重。他一直觉得边境护卫队的人就是一帮不学无术的文盲或只会舞枪弄剑的莽夫。他在控制面板上摆弄了一阵，自动计算机算出他们与前方行星的距离和火箭艇的速度，得出了降落需要的时间。

"长官，我们还有机会。"他说，"我们可以在三十分钟内降落，这样一来，我们在火箭艇爆炸前还有约十分钟的时间逃离。"

"好的，都动起来，女孩们。"达德上校说，"拿上咱们需要的一切。先拿武器和弹药，能找到多少拿多少。除此之外，还要拿上衣物、寝具、工具和食物。"

说完，他猛地拉开其中一个储物柜，把里面的武器往外拽。他装备上了一把枪和一把匕首，然后把另外几件武器递给身后的女孩。他找到两把打大猎物用的重型来复枪，还给她们找了几条子弹带。他把卡宾步枪扔过去，一起抛去的还有几箱卡宾步枪与手枪的子弹。他找到两个放炸弹的包，每个包里有六枚轻型杀伤性手雷和一枚大型爆破炸弹。他时不时会朝前方屏幕瞟上一眼。从屏幕上已经能看到下方的蓝天和星星点点的绿色平原。

"好了！"格拉夫欢呼道，"我们马上就要降落了！收拾好的人快到舱门口待命，准备开舱门了！"

先是一次颠簸，而后所有的动静都没了。一团白烟飘过屏幕。女孩们将舱门打开，抓起武器和用被褥裹着的东西跳出火箭艇。

外面起火了。火箭艇降落在一片绿草如茵的平原上——现在这些草因为喷射机的热度烧了起来。他们一个接一个地从火箭艇的顶部出来，沿着艇身向前奔跑，跳到没有火焰的地面上。他们拼尽所有力气，逃离那艘即将毁灭的火箭艇。

地面坑坑洼洼，草又长得高，他们步履艰难。有个女孩被绊了一跤，但这丝毫没有耽误这支队伍前进——另外两个女孩立即将她拉了起来，还有一个人麻利地扛上了她掉在地上的卡宾步枪。接着，走在前面的达德上校看到一条深沟，沟里流淌着细细的溪流。

他们急忙躲进沟里，在沟底靠成一团，等待了似乎相当长的一段时间。接着，地面上响起一阵轻微的颤动，随后颤动加剧，剧烈得令人忍不住呕吐。一声几乎近在耳边的呼啸声席卷了他们，一道蓝白色的闪光让空中的太阳都显得昏暗。声音、震动和灼热的光线并没有立刻消失，它们持续了几秒钟，但这几秒钟就像永恒一样长。周围的泥土和石头纷纷落下，到处弥漫着令人窒息的烟尘。随后，雷声和地震都过去了。在上空，炽热发亮的蒸汽打着旋儿，渐渐暗下来，变成一层悬在空中的烟雾和灰尘。

有那么一会儿，几人一动不动地蹲在原地，又惊又怕，说不出话。等受到刺激的神经逐渐缓过劲来，被晃昏的脑子逐渐清醒，他们才虚弱地站起身。深沟两侧有泥沙和小土块不停落下，沟中原本清澈闪亮的小溪已经满是泥浆。卡尔瓦·达德动作僵硬地掸去衣服上的灰尘，看着他的武器。

"这只是一艘小小的三级火箭艇燃料箱爆炸的威力。"他说，"也不知道飞船在太空中爆炸时是什么样子。"他思量片刻，继续说，"格拉夫，我想我知道喷射口为什么会烧起来了。飞船爆炸时，火箭艇的尾部是对着飞船的，爆炸产生的冲击波把喷射口的火焰逼向了内部的燃料管线。"

"你们觉得多尔沙星上可以看到这次爆炸吗？"朵利塔问道，她更关切目前状况的实际影响，"我是说飞船的爆炸。毕竟我们失去了通信工具。"

"哦，这个我倒是不怀疑。多尔沙星球上到处都是在关注飞船的观测台。"达德说，"他们现在可能已经知道飞船出事了。但是，我们还是不要妄想能得到营救了。我们确实被困在这儿了。"

"是啊，离我们最近的其他人类也在八千万千米外。"格拉夫说，"而且，那艘出事的飞船还是我们成功制造的第一艘，也是唯一一艘太空飞船。光造它就花了五十年的时间，还花了二十年的时间做研究，以确保建造顺利，不需要重复返工。所以你们想想，什么时候我们才能等来另一艘飞船呢？"

"答案是永远等不来。飞船在太空中炸了，五十年的心血和一千五百人的性命就这样灰飞烟灭了。"达德叹了口气，"现在，他们说不定已经开始实施备用方案，通过灌溉让多尔沙星的适居环境再维持几千年，放弃移民塔里什星的计划。"

"嗯，没准儿一百万年后，我们的后代会造一艘飞船，飞去多尔沙星呢？"奥尔娃边想边说。

"我们的后代？"艾尔德拉惊讶地看着她，"你是说……"

吉娜咯咯笑起来。"艾尔德拉，你只知道怎么给枪炮上后膛，怎么操作后坐装置，但在其他方面你简直是一无所知。"她说，"你觉得为什么这次远征人员中女人与男人的比例是七比五，又是为什么医疗人员中有那么多的产科医生和儿科医生？我们就是被派来在塔里什星球上散播人类火种的，不是吗？喏，我们已经到了目的地。"

"可是……我们还有没有机会……"瓦尼丝开口了，"难道我们再也不能见到其他人，除了像动物一样生活在这儿，再也做不了其他事情了吗？我们的生活中将不再有机器、车辆、飞机、房子或者其他东西了吗？"说完，她抽抽搭搭地哭了起来。

安娜莉亚之前一直在擦拭卡宾步枪，上面盖了一层爆炸时掀起的土。现在她把枪放下，走到瓦尼丝身边，伸出一条胳膊揽住并安慰她。卡尔瓦·达德随后捡起她放下的卡宾步枪。

"现在，让我数数看。"他说道，"我们有两杆重型来复枪、六条卡宾步枪、八把手枪，还有两袋子炸弹。算上子弹带里的，我们一共有多少弹药？"

他们开始清点为数不多的资源，情绪失控的瓦尼丝也加入这项工作中来——这正合达德的心意。他们共有两千多发手枪子弹，比卡宾步枪的多——只有一千五百多发，另外还有四百发重型来复枪的子弹。他们有几件换洗的衣物，大多是在太空服里穿的内衣，睡袍倒是带得够多。此外，他们还有一把手斧、两把手电筒、一个急救箱、三个原子打火机。每人都携带了一把搏斗匕首。罐头食品足够他们吃一个星期。

"咱们得赶紧开始找猎物和可食用的植物了。"格拉夫思量着说，"我想这里应该有猎物可打，不过我们的弹药有限。"

"我们要尽可能节省弹药，而且我们得开始制造武器了。"达德告诉他，"投枪和掷斧。要是我们找不到金属或可以提炼金属的矿石，我们就去打磨片状的石头。我们还可以尝试制作捕捉鸟兽的圈套和陷阱，努力做到不用枪支弹药维持生活。"

"我们是不是要在这儿安营扎寨？"

卡尔瓦·达德摇摇头，说："这儿没有能生火的木头，刚才的爆炸大概已经把附近的动物都吓跑了。咱们应该往上游走。下游只能得到掺着泥沙的溪水，那可没法儿喝。如果这颗行星上的动物的行为习惯和多尔沙星的荒野中的畜群一样，它们受到惊吓后一定会往地势高的地方逃。"

瓦尼丝从她坐的地方站起来。她已经调整好了情绪，所以故意站起来想让大家看到。

"让我们用现有的东西做个包袱吧。"她提出建议，"我们可以用备用衣物把食物和弹药捆在一起。"

就这样，他们做了包袱并把物资挂在肩上，然后爬出了深沟。左侧稍远的地方有个火箭艇爆炸留下来的坑，坑外一圈都是正在燃烧的草。卡尔瓦·达德抱着其中一杆重型来复枪走在前头。走在他侧后方的是端着一杆卡宾步枪的安娜莉亚。格拉夫带着另外那杆重型来复枪走在后面，奥尔娃为他打掩护。其他女孩两两一组地走在他们中间。

前方，遥远的地平线上出现了一线连绵起伏的山峦。这支小小的队伍面向群山，跨过空旷的草之海，缓缓前行。

三

　　这一走，就是五年。打头阵的依然是卡尔瓦·达德，重型来复枪夹在他的左臂臂弯中，还有一袋炸弹挂在他的肩膀上。他总是左右张望，警惕潜在的危险。他从火箭艇上跳下来时穿的衣服已经烂得不成样子，一开始的那双鞋已经换成了烟熏色半高筒系带兽皮靴。现在，他留着络腮胡子，发梢被他用匕首粗粗地修整过。

　　安娜莉亚依然走在他身旁。她的卡宾步枪挂在身上，手里拿着三支枪头都是用燧石做的标枪——一支是重型标枪，随时可以用手抛出去或者用来戳刺猎物；另外两支是轻型投枪，可借助格拉夫发明的钩状投枪器投出。在她旁边步履蹒跚的四岁男孩，是她和达德的孩子。她还背着一个毛皮里衬的网兜，里面装着一个婴儿，是他们六个月大的孩子。

　　队伍后面的是格拉夫，他依然扛着另一杆重型来复枪。走在他旁边的是奥尔娃，拿着卡宾步枪和投枪。在他们前头摇摇晃晃地走着的是他们三岁大的女儿。队伍中间还有两个成年人——瓦尼丝和朵利塔，她们各背着一个婴儿，其中朵利塔还领着两个幼童。朵利塔背上的婴儿在出生时夺去了吉娜的性命，手中领着的孩子有一个已经失去了母亲——艾尔德拉被毛人杀死了。

两年前的冬天，他们用那一枚爆破炸弹在山里炸出了一个洞穴。那是一个难挨的寒冬，有两个孩子先后死去，一个是吉娜的第一个孩子，另一个是达德和朵利塔的小儿子。就在那个时候，他们第一次遇到了毛人。

艾尔德拉带着一个皮水囊去洞外取泉水。虽然当时太阳已经下山，但是她随身携带着手枪，因此谁都没想到她会碰上什么要命的危险，直到大家听见两声间隔很短的枪响和尖叫。所有人急忙跑出洞，就看见四个毛发蓬乱的类人生物正在手口并用地撕打艾尔德拉，另外一个类人生物在旁边捂着腹部呜咽着，缩成一团，地上还躺着一个看似死去的类人生物。一通迅猛的射击过后，那四个袭击者都被打倒在地，格拉夫还用他的匕首解决了那个受伤的生物。可艾尔德拉已经死了。他们在她的尸体上垒了一座石冢，就像他们为那两个死于严寒的孩子做的一样。他们细细查看了那些类人生物，然后把它们推下了悬崖。它们浑身是毛，实在太像兽类，因此他们无法把它们当成人类对待；可同时它们又太像人了，他们无法狠心地把它们当成猎物剥皮、吃掉。

在那之后，他们便常常发现毛人的踪迹。每每遇上这些生物，他们都会毫不留情地杀掉。它们仿佛是人类的拙劣仿制品，胳膊太长，腿又太短，体重是人的两倍，通红的双眼间距极小，结实的颌骨足以让它们咬碎骨头。它们看起来像低劣得出奇的人类，但更像是站在进化成人的门槛上的兽类。根据在这颗行星上观察到的情况，达德倾向后者。再过一百万年左右，它们才可能进化成接近人类的程度。如今，毛人已经会使用火，还能打制粗糙的石器——大多是直接握在手里用的沉重的三角砍砸器，没有手柄。

那天夜晚过后，毛人又袭击了他们两次——一次是在他们行进时，一次是在他们扎营后。两次袭击他们都毫发无伤地击败了对方，但终究还是损失了一些宝贵的弹药。

有一次，他们遇上十个攀在圆木上过河的毛人，于是他们在岸上用卡宾步枪把这些毛人一锅端了；又一次，达德和安娜莉亚在外活动时，遇上十二个毛人围坐在篝火旁，他们用一颗手雷将毛人全部解决；还有一次，一大群毛人追了他们两天两夜，有两回甚至要追上他们了，但只要放上一枪，毛人就吓退了——这件事发生在他们炸死那群烤火的毛人之后。达德相信这些生物有基础的语言，能够通过沟通明白一些简单的意思，比如说这一小伙外星人极端危险。

现在，毛人又出现了。过去的五天里，达德一行人穿越森林，向北边空旷的草地进发，在路上发现了毛人的踪迹。现在，达德·一行人走出了森林，正在一片开阔平原的边缘，一处生长着植物幼苗的区域。所有人都提高了警惕。

他们从几棵大树后面绕出来，在新生的树苗中驻足，向旷野眺望。大约一千米之外，一群猎物一边吃草，一边缓缓向西移动。它们看起来像小马，最高的也就到人的腰际，鬃毛颇为浓密——这是他们最重要的肉源。达德眯起眼睛，第十万次地希望，要是当时有人想到带上火箭艇里的那副望远镜就好了。他盯着那群吃草的动物看了好久。

幼松林延伸到了这群猎物的附近，可以掩护他们靠近。但是这群猎物的嗅觉要比视觉灵敏得多，而且它们在迎风前进，会对他们最喜欢的狩猎手段有所警觉——在高草中匍匐前进，抄到猎物前方。这几天的雨下得厉害，贴着地面的枯草都浸透了雨水，用火狩猎①也不太可行。达德可以悄悄爬到卡宾步枪的射击范围，轻松击中目标，但是他不愿意在狩猎中使用子弹。鉴于毛人就在附近，他也不想进行驱逐式狩猎，让他的队伍散开。

"什么计划？"安娜莉亚问他，她也发现了现在面临的问题，"我们要从后方包抄猎物吗？"

"找好角度再行动。"他决定好了，"我们从这儿开始慢慢前进，从这群猎物后面包围它们。除非风向突然改变，否则我们应该可以潜进投枪的有效攻击范围。咱俩用投枪和标枪，瓦尼丝可以跟着我们，用卡宾步枪打掩护。格拉夫，你和奥尔娃、朵利塔待在这儿保护孩子和行囊。警醒点儿，给我们放哨，毛人应该就在附近什么地方。"说完，他取下来复枪，交给奥尔娃，再接过她的投枪。"肉腐烂之前，我们只能吃掉其中的两只猎物，但你还是能杀多少杀多少吧。"他告诉安娜莉亚，"毕竟我们需要它们的皮。"

---

①用火狩猎：放火烧林或部分草地，趁猎物逃命时将其俘获。

接着，他和两个女孩开始缓慢、谨慎地靠近猎物。只要是在有树苗掩护的区域，他们就直起腰来快速前进。但是到了最后五百米，前方就是缓缓移动的马群，他们就只能趴在草地上爬行，还要常常停下来察看风向。终于，他们来到了马群的正后方，风吹在他们的脸上，他们前进的速度也更快了。

"够近了吗？"达德悄声问安娜莉亚。

"够了，我来解决落在马群最后的那匹。"

"我对付它左边那匹。"达德把一支投枪装到了投枪器的钩子上，"准备好了吗？行动！"

他跳起身，右臂向后一扬，再奋力一甩，投枪器给投枪增加了一些速度。身旁的安娜莉亚也起身投出了标枪。达德的投枪正中那匹小马的胸口。小马踉跄几步，前腿跪了下去。他又抓起另一支投枪，再次将它挂在投枪器的钩子上，朝另一匹马投去。这匹小马立了起来，用牙齿咬住了投枪。于是，他抓着戳刺用的重型标枪跑上前去，直接用枪尖插穿了小马的心脏，将它彻底击倒了。与此同时，瓦尼丝将卡宾步枪一扔，从腰带中取出石头做的斧头投掷出去，砍倒了另一匹马，然后跑过去用匕首解决了它。

受惊的马群狂奔起来，飞速逃开，把已经死掉的和奄奄一息的同伴留在了身后。达德和安娜莉亚各杀了两匹马，瓦尼丝搞定了一匹，一共五匹。达德用匕首将一匹还在地上挣扎的马解决掉，接着就开始回收投枪。女孩们都发出欢呼，庆祝他们狩猎成功。格拉夫、奥尔娃和朵利塔带着孩子迅速聚拢过来。

等他们将那几匹马剥皮、砍块之后，太阳已经落山了。他们用皮裹着肉块，搬到他们计划好要扎营的那条小溪边。拾好柴，可以做饭了，但此时他们已筋疲力尽。

"咱们以后可不能经常这么做了，"达德告诉大家，"不过今晚是个例外。别为了生火搓木棍儿了，我拿打火机。"

他从腰带上的一个小袋子里取出一个小小的镀金原子打火机，上面还带着他原先效力的边境护卫队的团徽。这是他们最后一个能用的打火机了。他们在木柴下面堆了不少干的碎木片，按下打火机启动按钮，看着火焰吞没了木柴。

他手中是人类文明最伟大的成就，它代表着人类掌握了原子那基础而巨大的力量。但他使用这成就仅仅是为了点燃靠天然燃料支持的一团篝火，只是为了烹熟用石尖标枪猎来的肉，还是没加作料的那种。达德悲哀地看了一眼这闪闪发光的小玩意儿，将它扔回袋子。它很快就用不了了，像另外两个一样，之后他们就只能靠摩擦干燥的树枝，或者猛撞燧石、硫化铁冒出的火星来生火了。很快，子弹也会用光。和觅食一样，以后防身也得仰仗标枪了。

他们现在的处境太艰难了。六个成年人，背负着七个孩子的生活，而且这些孩子每时每刻都需要照料和保护。要是弹药足以撑到他们长大，直到他们能保护自己时该多好啊……要是他们能避免和毛人产生冲突该多好啊……也许有一天，他们的队伍会发展壮大，人数多到足以相互保护和支持；也许有一天，弱小的孩子和强壮的成年人之间的人数比例能更加平衡。在此之前，他们要不惜一切代价活下来。他们必须日复一日地跟在猎物后面前行。

四

二十年来，他们始终跟在猎物后面，年复一年。冬天，暴风雪把马和鹿统统逼进了林子里，也把这支小小的人类队伍逼进了山洞；春天，平原上长出嫩嫩的新草，猎物都出来活动了，他们终于也能有足够的肉吃了；夏天过去，秋天到来，他们开始用火狩猎，熏制猎来的肉与皮。秋去冬来，冬去春来，就这样，他们迎来了火箭艇着陆后的第二十年。

卡尔瓦·达德依然走在打头的位置，他的头发和胡子已经斑白，也不再扛着那杆重型来复枪了——那杆枪的最后一颗子弹早就发射出去了。他拿着一把斧柄很长的手斧，还有一支带钢头的标枪。标枪的钢头是用一杆没用的卡宾步枪艰难磨成的。他的手枪还在，弹匣中有八发子弹。他的匕首、炸弹袋都还在——还剩一枚大型爆破炸弹和一颗手雷。现在，他们从飞船上带来的衣物连根线头都不剩了，他身上穿的是一件无袖的皮衣，脚上蹬的是一双马皮中筒靴。

安娜莉亚已经不在他的身边了。八年前，她摔断了脊梁，不久就去世了。塞尔达·格拉夫在过河时踩裂了冰层，丢了他的来复枪，第二天又因为受寒送了命。奥尔娃被毛人杀了。毛人在一天晚上袭击了他们的营地，瓦尼丝的孩子也在那晚遇害。

那天晚上，他们或用枪，或用标枪，解决掉了十个壮硕的毛人。第二天早晨，他们按照习俗将他们死去的同胞埋在了石头堆下。瓦尼丝茫然地看着她的孩子下葬，然后转身面对达德，说出了比任何悲恸疯狂的言辞都让他觉得恐怖的话。

"行了，达德，咱们做这些干什么呢？你承诺过要带我们去塔里什星，到了之后我们有好房子住，有便利的机器用，还有各种好吃的、好穿的。达德，我不喜欢这个地方，我想去塔里什星。"

从那天起，她的意识开始在黑暗中流浪。她不是傻了，也不是疯了，她只是逃离了她无法承受的现实世界。

瓦尼丝迷失在她的梦中世界里，朵利塔则成日板着面孔，形容憔悴。达德最初的八人小队，现在仅有朵利塔一人还在他身边。不过，他们的队伍壮大了，人数已经超过了十五个。队伍的最后面，走在格拉夫的老位置上的是达德和安娜莉亚的儿子。他和他的父亲一样，也揣着一把匕首和一支手枪，手枪里还有六发子弹。他手里握着一把10厘米左右的尖石锤，那是他自己做的。走在他旁边的女人帮他拿着标枪，她是格拉夫和奥尔娃的女儿。她后背的网兜里装的小婴儿是他们的孩子，这是由塔里什星土生土长的男女生下的第一个塔里什人。不管是在晚上宿营时，还是在白天前行的路上，卡尔瓦·达德都常常去看他的小孙子。这个裹在小小的皮毛襁褓中的孩子，是他做所有事的意义和目的所在。年龄大点儿的女孩中，有一两个已经怀孕。这支小小的人类队伍在这片危机四伏的土地上不仅规模见长，而且力量渐强。多尔沙星的人类灭绝之后，那颗濒临死亡的行星会在时间的长河中沦为干旱的荒原。而这支人类小队的子孙后代会继续在这颗更加年轻的行星上繁衍生息，成为星球的主宰。有一天，比他们离开的那个文明更强大的文明，会在这里诞生、崛起……

一整天他们都在爬山，沿着那条蜿蜒而上的小径。他们头顶上是赫然耸现的悬崖，身下是在多石峡谷中裹着泡沫奔流不息的溪水。一整天，毛人都跟在他们身后，既不敢靠得太近，又不想让他们逃走。跟踪是从黎明时分他们在营地挡住毛人袭击后开始的。虽然他们击退了毛人，但代价惨重，几乎用完了所有的弹药，还有一个孩子因此丧命。卡尔瓦·达德的部落刚刚踏上这条小径，毛人就撵了上来。达德决定翻过山去，于是他带领部落沿着猎物踩出来的小径往上爬，朝着天际线上的一个隘口进发。

那些毛发蓬乱的猿一样的家伙似乎猜到了他们的计划。有那么一两次，他瞧见几个毛茸茸的棕色身影躲进了左边乱石后面矮小的树丛中。这些家伙是想在他们之前赶到隘口。那么，如果它们做到了……他快速在心中盘算了一下他的资源：他有一把手枪，他的儿子和朵利塔也有，分别有八发、六发和七发子弹。此外，他们还有一颗手雷，一枚大型爆破炸弹，后者力量太过强大，无法用手抛掷，不过可以设置成延时爆炸，从一段悬崖上将它推下去或者干脆留在身后，等追击者赶上来再爆炸。五把钢制匕首，充足的标枪、投枪和斧子。他自己，他儿子和他儿子的妻子，还有朵利塔，外加四五个年龄大些的男孩和女孩，他们完全可以称得上能作战的前线战士。在梦中世界的瓦尼丝也许能在危急关头及时回来，保护自己。就连他们队伍中刚能自己走路的孩子都可以扔石头或者投枪。没错，就算毛人赶在他们前头到了隘口，他们也能强攻，然后用重型炸弹将隘口炸毁，封上来路。至于隘口那边是什么，他不知道。不知那边会有多少猎物，会不会也有毛人。

他身后响起两声急促的枪响。他把斧子丢下，转身双手握住戳刺用的重型标枪。他的儿子正向他飞奔而来，举着手枪，一边跑还一边回头。

"毛人。四个。"他报告道，"我射死了两个。她投出一支投枪，也杀了一个。还有一个跑掉了。"

格拉夫和奥尔娃的女儿点头，表示确实是这样。"我没时间再扔第二次了。"她说，"波波又不肯开枪打那个逃跑的。"

达德的儿子叫波波——他母亲在他小时候用这个名字叫过他。他为自己辩解："那个毛人都跑远了。这是规矩，只有在需要救命，而且标枪又用不成的紧急时刻才能使用子弹。"

卡尔瓦·达德点点头。"儿子，你做得对。"他拔出自己的手枪，卸下弹匣，从里面退出两颗子弹，"把这两颗子弹装到你枪里吧，四发可不够。现在我们每人都只剩下六颗了。回到队伍后面去，确保小点儿的孩子都跟得上。另外，别把瓦尼丝落下。"

"对，我们都得看好瓦尼丝，照顾好她。"男孩很乖地重复了父亲的意思，"这是规矩。"

他朝队尾走去。达德把枪放好，拾起斧子，带领队伍继续前进。他们现在走在一段岩架上，左侧是落差几百米的悬崖，右侧是一面高耸的峭壁。随着倾斜的小径向上延伸，这面峭壁也变得更高、更陡了。达德对这条路有些担心，要是走到岩架尽头，无处可走了可怎么办？到时候毛人在后面围堵，谁都跑不掉。他突然觉得自己老了，一股说不出的疲惫感涌上心头。他肩上扛的是整个种族的存亡，这责任实在是重得可怕。

突然，他身后的朵利塔朝上方开了一枪。达德立即往前跳了一步，拔出了枪。男孩波波在队伍最后寻找目标。达德刚瞧见两个毛人，男孩就开了枪，一块石头突然落下。

那是一块很重的石头，大小约有成年男人躯干的一半，它砸中了卡尔瓦·达德，但是有点儿偏。要是石头直接砸到达德的脑袋，他肯定会被砸得血肉模糊，立时毙命。不过现在的情况也好不了多少：达德平躺在岩架上，双腿被石头压得死死的。

波波开枪后，一个毛人掉了下来，重重地砸在岩架上。波波的妻子立刻用标枪把它扎穿了，至于朵利塔打中的那个毛人，它还扒在上面的一块石头上。两个孩子跑过去，不断地用标枪刺它，同时发出声声尖叫。朵利塔和一个年龄大点儿的女孩将石头从卡尔瓦·达德的腿上搬开，试着帮他站起来，但是他起到一半还是瘫倒在地，根本无法站立。他的两条腿都折了。

就这样吧，他这么想着，干脆踏踏实实地躺在了地上。"朵利塔，我想让你跑到前面去看看路，"他说，"看看咱们通过岩架能不能过去。然后找个地方，最好是前面不太远的地方，方便我们用爆破炸弹把路炸毁、封上。那地方得近点儿，才好让你们把我囫囵个儿地抬过去或者拖过去。"

"你要干什么？"

"你觉得呢？"他反问道，"我两条腿都断了，你们又不能一直抬着我，你们非要这么做的话，毛人会赶上来把我们全杀掉。我只能留下来，为你们挡住身后的路，然后趁自己还行，尽量多拉几个垫背的。现在，按照我说的，赶快跑到前面看看吧。"

她点点头。"我尽量早点儿回来。"她同意了。

其他人围在达德身边。波波俯下身，既担心又困惑。"父亲，你打算怎么做？"他问，"你受伤了。你是不是要自己走，把我们丢下，就像母亲受伤时做的一样？"

"是啊，儿子，我也是迫不得已。等朵利塔回来之后，你把我抱到前面一点儿的地方，按她说的把我留下。我要留下来，守住来路，杀几个毛人。我会用那枚大炸弹。"

"大炸弹？没人敢用的那枚？"男孩惊讶地看着他的父亲。

"没错。听着，你要带着其他人尽快离开那个地方，不到隘口不许停下。把我的手枪和匕首都带上，还有斧子和那支重型标枪，把小炸弹也带走。把我身上的所有东西都带走，只把大炸弹留给我就行。我用得着它。"

朵利塔回来了。"前面有座瀑布。我们可以绕过去，然后爬上隘口。路上基本没什么障碍，好走得很。如果你在这里引爆炸弹，就会引发滑坡，炸碎的石头将把整条路都堵上。"

"那好。你们几个把我抬起来。别动我膝盖以下的部位。快点儿。"

一个毛人出现在他们下方的岩架上。一个年龄大点儿的男孩用他的投枪器向它抛出一支投枪。两个女孩抬起达德，波波和他的妻子收好重型标枪、斧子和炸弹袋。

他们急忙往前走，绕过悬崖脚下的一堆碎石，来到一个窄窄的峡谷口，那里有一条小溪流。空气中弥漫着水雾，瀑布的轰鸣声震耳欲聋。卡尔瓦·达德环顾四周，认为朵利塔选的地点很好。一旦峡谷被堵住，即使是步伐稳健的山羊也无法上山。

"好了，快把我放下吧。"他指挥道，"波波，带上我的皮带。把那枚大炸弹给我。你有一颗轻型手雷，知道怎么用吗？"

"当然知道了，你常常演示给我看。我只要扭开上面，然后按下侧面那个小东西，再把它抛出去。我至少要把它扔到标枪能飞到的地方，把它扔到地上或者什么东西后面。"

"没错。你只能在你们遇到巨大危险，要救大家性命的时候才能用。你的子弹要省着用，那也是救命用的。金属的东西都要省着用，不管多小一块。"

"好。这都是规矩。我会遵守的。我们会永远照顾好瓦尼丝的。"

"好，再见了，儿子。"他抓住男孩的一只手，使劲握了握，"现在，带大家离开这儿吧，不到隘口别停下。"

"你不能留下！"瓦尼丝喊道，"达德，你跟我们发过誓！我记得，我们都在飞船上的时候——你，我，安娜莉亚、奥尔娃、朵利塔，还有艾尔德拉，对了，还有个女孩叫吉娜！那会儿咱们多好啊，你告诉我们，我们都会去塔里什星，然后我们开始聊这件事，聊得特别开心……"

"没错，瓦尼丝，"他答应着，"我承诺过的都会做到。我留在这儿是有事要做。等我做完了这件事，就会和你们在山顶上会合。到了早晨，我们就出发去塔里什星。"

她露出温柔的微笑，是没有攻击性的天真烂漫的笑容。她转身走了。卡尔瓦·达德的儿子等她和所有孩子都出发了，这才转身跟上去，留下达德一个人。

孤身一人，带着一枚炸弹和一个任务。到现在为止，这个任务他背负了二十年。再过几分钟，这个任务就结束了，结束的还有他那颗将在瞬间化为灰烬的心脏。他努力不让自己表现得太得意，毕竟要是他再努力点儿，好些事本来是能做成的。比如说提炼金属。这里肯定有什么地方有矿石，他们完全可以熔化矿石，做出金属工具，可他从来没找到过。他本可以试着抓来几匹被他们当成猎物的小马，训练它们驮人或者行李。还有字母表——他怎么就没把字母表教给波波或者格拉夫的女儿，好让他们去教其他孩子呢？还有他们用来制作面粉的草种。他们应该开垦几片种优质作物的田，种点儿根茎可以吃的植物，然后在恰当的时节去收割。有太多他没来得及教的东西，在接下来的一万年里，这些年轻的野人或他们的子孙连想都不会想到……

石丛中有什么东西在动，就在一百米远的地方。他两条断腿都断了，只能勉强直了直身子往那边看去。没错，那儿有毛人，一个，两个，三个。其中一个从一块石头后面冒出来，拖着不利索的脚步朝他跑过来，发出野兽的嘶吼。然后又有两个出现在他的视野中，一时间山谷里好像到处都是它们。就在它们几乎全向卡尔瓦·达德扑过来的时候，他按下了炸弹上的按钮。它们开始撕扯他的时候，他松开了手指。

他感觉到了一次轻微的震动……

　　队伍到达隘口的时候，所有人都停下了脚步。卡尔瓦·达德的儿子转过身，向来时的方向望去。朵利塔站在他身边，也朝着瀑布的方向望去。她知道将要发生什么事。其他人有的只是茫然地站在原地，还有的拿起武器——敌人还在后面紧追不舍，他们要守住这里。一些较小的男孩和女孩开始捡石头。

　　很快，就在那条冰雪融化形成的溪流所在的峡谷口，出现了一道小小的闪光。刹那间，一团巨大的火球腾空而起，飞到百米高的空中。"轰"的一声，除了朵利塔和瓦尼丝，他们谁也没听到过这么响的声音。

　　"他做到了！"朵利塔轻声说。

　　"是啊，他做到了。我的父亲是个勇敢的人。"波波回应道，"现在我们安全了。"

　　瓦尼丝被爆炸声震得呆住了，然后她转身盯住波波，开心地笑起来。"原来你在这儿呢，达德！"她惊呼，"我还在想你去哪儿了呢。我们离开之后你干什么了？"

　　"什么意思？"男孩不解。他不知道他和父亲在边境护卫队当军官的时候长得有多像，那是二十年前的事了。

　　他的迷惑让瓦尼丝有点儿担心。"你……你是达德，不是吗？"她问，"我说这话太傻了。你当然是达德了！不然还能是谁？"

"对，我是达德。"男孩说。他想起大家都应该照顾好瓦尼丝，顺着她说话，这是规矩。接着，他脑子里冒出了另一个念头，他挺了挺胸。"对，我是达德，达德的儿子。"他对大家说，"现在我来做领队。有人不同意吗？"

他把斧子和标枪换到左手里，把右手放在后腰的手枪上，警惕地看着朵利塔。如果他们中有人提出反对意见，那肯定会是她。可是她没有，反倒露出一丝微笑，比这些年他在她脸上见过的其他表情都真实。

"你是达德。"朵利塔对他说，"现在你来带领我们。"

"当然要让达德来！他不一直都是我们的领队吗？"瓦尼丝显然不明白状况，"这有什么好争的呢？明天，他就会带我们去塔里什星，然后我们就能住上房子，开上车和飞机，还会有花园和明亮的灯，能拥有一切我们想要的美好事物。是不是，达德？"

"是的，瓦尼丝。我会带你们所有人去塔里什星，去享受所有美好的东西。"达德和达德的儿子都许下了承诺，这是和瓦尼丝的约定。

然后，他从山隘向下望去。下面有低矮的山脉、山麓丘陵和宽阔的蓝色山谷。比山谷更远的地方，有锯齿般的山峰耸立在天际。他用父亲的斧头指了指那个方向。

"我们去那儿。"他说。

就这样，他们走了下去，一直走，一直走。最后一颗子弹出了膛，最后一块多尔沙星金属磨尽了，锈掉了。不过，这个时候，他们已经学会磨制石片、骨片和驯鹿角，以满足生活需求。一百年后又一百年，一千年后又一千年，从生到死，他们始终跟在成群的猎物后面。人出生的速度总能超过死亡，这支队伍的人数越来越多，然后开始分裂。年轻人挑战老人立下的规矩，带着他们的妻子和孩子去了别处。

他们对浑身是毛的尼安德特人穷追不舍，但将其无情灭绝后也难以平复早已迷失在传说中的仇恨。在梦一般模糊的记忆中，他们依稀还有印象，曾经有一段时期，他们的生活快乐而富足，他们还有某天一定要达到的目标。他们走出大山——也许是高加索山脉，也许是阿尔卑斯山脉，还可能是帕米尔高原——他们向外扩张，走到哪里，就征服哪里。

在克鲁马努、格里马迪、阿尔塔米拉和阿齐尔的洞穴中，我们不仅发现了他们的骸骨，还发现了他们用骨头做的武器和一些原始的画作。在他们生活过的梭鲁特雷山洞，我们发现了堆得厚厚的马、驯鹿和猛犸象的骨头。我们不由得思索，这样一个跟我们自身如此相像的人种是如何来到由粗野的类人生物占领的世界的呢？他们又是从哪里来的呢？

当我们看到，姐妹行星火星存在从极地处呈辐射状探出的"运河网"，我们也忍不住想，它们会不会是由一双双和我们一样的手建造出来的？于是，我们据此精心编出了一些关于"人类也许是火星人的后裔"的玩笑。

（万洁 译）

关于作者和作品

　　《火星人的后裔》发表于1951年，作者亨利·比姆·派珀曾获得普罗米修斯名人堂奖，以及轨迹奖、雨果奖的提名。派珀较为中国读者所熟知的作品《外星小毛毛》，是当代热门科幻作品《毛毛星球》的灵感来源。

　　1877年，意大利天文观测家遥望火星时，发现火星上有网状线条，怀疑那是"火星运河"。关于火星人的故事也不断涌出，受到读者欢迎。实际上，火星是一个极其干燥且大气稀薄的行星，表面不存在任何形态的水。但观测发现，火星表面又确实存在水流冲刷侵蚀的痕迹，因此有人猜测，或许在火星刚刚形成的时候，它确实是一颗水草丰美、适宜居住的星球，但发生了一系列的地质运动，才变成现在荒凉的样子。

　　故事主角卡瓦尔·达德，正是因为所在行星的衰亡，出于宇宙殖民的目的，带领大部队前往塔里什星。不幸的是，他们的宇宙远征失败了，到达目的地的只有八人，也几乎失去了所有高科技生存装备。一切从零开始，为了生存，他们顾不上发展文明，只能为了每一天的口粮和安全不断前行。最后，他们的子孙后代成为塔里什星的祖先。故事的精巧设定刚好与人类考古历史的空白契合，对人类的起源提出大胆的猜想：也许人类就是故事中到达地球的火星人的后裔。

火星实习报告

凌晨

报告1："探索4号"太空站
《太空生活》杂志新闻部主任收阅

主任，我按照您的安排登上运输飞船"月光号"，与一船物资以及三位科学家一同前往火星。当然，您知道，旅程中飞船上的乘客必须休眠。所以，直到快要抵达目的地时，我才有机会认识我的旅伴："探索4号"火星太空站的新站长察俄霍尼，火星土壤专业的研究生唐棠和机械专家查尔尼。

察俄霍尼个头矮小，棕红色的头发稀疏地盖在他头顶。他说话、动作都很快，表现出充沛的精力。从休眠中醒来还不到4个小时，我就知道了他的家族宇航史、他本人在宇航学院的种种轶事趣闻，以及他和"探索4号"前任站长施威特之间宝贵的友谊。察俄霍尼说这种友谊是依靠矛盾和摩擦才得以加深的。

唐棠则是位体态纤细，如风中之柳的年轻女子，皮肤白皙，眼睛青绿得如同翡翠。她不大说话，安静得像只小猫。我认为，像她这样的女子是不该跑到火星去研究什么土壤的。她身上一定有故事。

　　至于查尔尼，我没有见到他，他的休眠器出了问题。他的休眠器的生命维护系统都还好好地运转着，但就是打不开。察俄霍尼曾一遍遍地尝试解除休眠程序，但还是失败了，后来只好沮丧地放弃。这真是件悲伤的事，虽然在休眠中死去的可能性极小，但查尔尼的休眠器还是可能会成为他的棺材。

　　这件事打击了察俄霍尼，使他极为烦恼。但当"探索4号"出现在我们的视野中时，他还是抖擞起精神，整理了衣着，很体面地带我们登上火星太空站。

　　"探索4号"是一艘大型科学考察飞船，历经7个月航行到达火星后，按计划不再返航，留在火星轨道上，成为火星的同步卫星。同时，它也为前往火星进行科学考察工作的科学家们提供一个落脚点。经过5个火星年的建设，"探索4号"已经成为火星地面考察工作的大本营，和位于月球的国际联合太空署火星开发总局一起指挥火星的地面活动。

　　开发火星一直是人类的梦想。早在20世纪，就有人提出了种种利用火星的计划，而最大胆的莫过于"改造火星"计划。那时，宇航技术刚刚起步，这个想法就像是痴人说梦。然而，宇航技术以加速度发展着，经过近百年的努力，人类在地月间修建了大型太空城市，在月球上建立了太空基地，制造和发射航天器的成本大大下降，而且人类保护地球的意识越来越强烈。在这样的形势下，"改造火星"计划终于被提上太空总署的日程表。

改造火星是个极其复杂的过程，计划共分五大步，用一百年左右的时间完成。人类为此进行了大量的可行性分析，近一米厚的报告收藏在太空开发局档案库里。简单地说，这计划的第一步是用核炸弹轰炸火星两极的冰冠。众所周知，火星的冰冠是固体二氧化碳组成的，核轰炸将使干冰溶化，二氧化碳被释放，从而引起小规模温室效应，提高大气温度。接下来，移栽在低温、低压条件下能生存的植物，这些植物吸入二氧化碳，生产氧气，从而大大改善火星的大气结构。火星的大气层加厚，变得温暖又有氧气，无疑将会是一个人间天堂。虽然火星体积仅为地球的0.15倍，但它仍能让负担过重的地球得到喘息的机会。更重要的是，它将是人类主动征服并改造行星的开始。

施威特作为"探索4号"的第一任站长，对整个改造计划烂熟于心。施威特决心为这项宏大的计划贡献终生，自登上"探索4号"起，足足10个地球年，他都不曾离开。不幸的是，宇航员们不再惧怕的种种太空病毫不客气地袭击了他。在他的健康监测指数下降40点后，太空局决定派察俄霍尼来接替他的位置。

我早就听说了施威特的大名，没想到这次见到的却是个神志憔悴、走起路来笨拙不堪的普通人。他驼背，行动起来特别迟缓，证明长期的太空生活已经使他的肌肉松弛萎缩了。

察俄霍尼和施威特这两个老朋友在空间站的接待室见了面。接待室有一面很大的舷窗，窗外是空间站正在扩建的舱室。在酷红的火星与一望无际的漆黑宇宙的衬托下，那间舱室的银白桁架闪闪发光，非常迷人。

"你好！老朋友，还记得我吗？"察俄霍尼热情地拥抱对方，并指指我们，"为什么非要在全面考察火星后才制定核弹轰击点呢？害得这么年轻漂亮的孩子要把青春耗费在火星这块不毛之地上。"

"哪个是《太空生活》杂志的实习生？"施威特挣脱察俄霍尼的怀抱，问道。他的不满都明白地写在脸上。我赶紧上前介绍自己。

"从来没有这种先例！月球太空基地简直在乱弹琴！小子，你是学新闻的吧！"他眉头紧皱。

"实际上，我向察俄霍尼站长解释过了，我曾经是个宇航员，有飞船驾驶执照。"我接受这个实习任务到太空局报到以后，一直被局里那些官僚嘲笑，但我没有失去耐心，"《太空生活》是发行量最大的宇航杂志，我非常珍惜得到的这个工作机会，我不会给您丢脸的。"

"是吗？"施威特一挑浓眉，转向唐棠，"你是那个火星土壤学的研究生？也是来实习的？哼！我看你们的实习作业都很难完成。你们以为火星是什么地方，天堂吗？其实这里糟糕透了，狂风、红尘，还冷得要死。"施威特的话里充满威胁。我看他其实是在嫉妒，如果可以继续留在"探索4号"上，他肯定愿意拿自己的一切来交换。

"算了吧，老朋友，"察俄霍尼亲热地挽起施威特的胳膊，替我们解了围，"这一路上他们都做着可怕的噩梦，休眠已经把他们的神经弄得有点儿迟钝了。"他非常关切地说，"我想你也很辛苦，那就让我们尽快办理交接工作吧！还有查尔尼，那可怜的家伙的休眠器打不开了。弄不好，他要随你一起回去呢！"

实习生　闻详

报告2：变成火星人
《太空生活》杂志新闻部主任收阅

主任，很高兴您对我的第一份实习报告还算满意。按照您的要求，我更多地去关注人而不是具体的科学技术。但是，说实话，在火星上，宇航员比新闻记者更受欢迎。我也逐渐回忆起当年驾驶飞船在地球和月球之间穿梭的乐趣了。

察俄霍尼安排我去9号火星考察站实习，这纯粹是为了省事。因为唐棠要去那里，这样察俄霍尼用一个登陆舱就能把我们两个人都打发到了火星上。施威特则在我们登上太空站的第5天，驾驶"月光号"，带着各种火星样品和仍在熟睡的查尔尼返回月球。

我第一次踏上火星的土地是在日落时分，由于火星大气层稀薄，西坠的太阳比在地球上看起来更清晰耀眼。大气将阳光漫反射或者吸收，使太阳周围如现宝光，熠熠生辉。远处，火星山脉高耸刺天，峰峦起伏，近处赤红的山壁之下，是一组三座蔚蓝色的半圆形穹顶建筑。我眼前的一切犹如图画，壮丽而气势磅礴。这景象让我赞叹，就连唐棠也激动起来。

　　9号站的所有成员都放下手里的工作欢迎我们。他们总共有三个人。站长柏松，49岁，长着宽阔平坦的额头、刀一样锋利的眉毛、一双深陷于眼窝深处的褐色眼睛。他的眼睛炯炯有神，他个子很高，魁梧而健壮。站在他面前，我觉得自己的心脏总紧张地怦怦直跳。他话不多，但言出必行。

　　另外两个人是性格活泼的加诺和婆婆妈妈的李兴荣。加诺只有28岁，大胆无忌，他甚至把察俄霍尼叫作"和稀泥的"。他生了张娃娃般的圆脸，中分的头发总有一绺淘气地搭在眼睛上。他的眼睛也是圆圆的，眼里总带着笑意，好像这世界上没有什么可以难住他，仿佛所有事情在他看来都是游戏，好玩得不得了。

　　而李兴荣的个性恰好和加诺相反。他一丝不苟地执行着各种条例，总担心会发生意外。他的制服口袋里永远塞满以防万一的工具和零件。他比柏松矮半个头，国字脸，剑眉星目，外表和所有图片中典型的东方人一模一样。他出现时我吓了一跳，以为是画册上的人成了精走了出来。我当时就猜想他是个机器人，要不怎么可能长得这么端正？

后来我终于忍不住，低声问加诺："他是哪种型号的？"

"型号？"加诺不解。

"李兴荣啊！"

"什么？"加诺张大了嘴，傻看着我，仿佛我是个怪物，随即大笑，"你怎么会这样想？天哪！李兴荣，李兴荣，闻详怀疑你是机器人！"我一下子窘得脸色通红，恨不得钻到桌子底下去。

"是因为我的脸吧？"李兴荣并不生气，似乎已经习惯别人如此猜测，"我整过容。在'金星计划'中，我失去了脸，局里不得不为我重新做了一个。"他轻描淡写地说。

直觉告诉我，李兴荣的故事很精彩。我一定要知道更多关于他的事情。

写到这里，我觉得有必要向您介绍一下9号火星考察站的情况。9号考察站由三座半圆形站房构成。这三座站房的直径分别为42米、26米、17米，站房之间由三条4米长的玻璃钢纤维管道相连。站房与管道都半埋在地下，有3层外壳，即合金钢外壳、强化自黏性玻璃陶瓷外壳、碳合金防逸漏外壳。A站房主要为生活区，有完整的生活设施，还有一个全生态温室。生态温室中有用来保证考察站空气浓度正常的绿藻和亚热带小叶灌木，还有菜地和鱼池，养了蚯蚓和鸡。建立这个生态温室很不容易，由于火星土壤含盐量高，不得不耗费巨资从地球运来泥土。水是从月球运来的冰态水，被称为"生命之油"。

"火星上不是有水吗？"我想起看过的火星资料。

"那是二氧化碳干冰，"柏松纠正道，"而且只分布在极冠带。"

出了这么一个错误，我就不敢再多嘴了。9号站早在2107年就建立了，是火星上建成时间比较早的一座永久性考察站。原定规模可供15个人连续工作两年，后来由于种种缘故，定额缩减到5人。这主要和火星研究的需求有关。9号站建在戈尔麦登盆地边缘，早期，火星科学家对这一地区十分感兴趣，后来他们的注意力渐渐转移到火星腹地，9号站的辉煌时代也就此结束。现在它只是作为常规性观测站存在着，太空局说不定什么时候就会把它从预算手册上画掉。但是，柏松他们仍在努力工作，为流动站提供补给，考察盆地边缘的冈瓦斯大山脉。

这条山脉绵延数千千米，山体有明显的河流冲刷痕迹。9号站目前的任务是观测夏季将临时冈瓦斯大山脉中各种大气、地质数据的变化。火星的公转轨道远比地球的要大得多，在距离太阳1.524个天文单位（即2.279亿万千米）的地方，火星沐浴着太阳的光辉，孤寂地转着。它绕太阳一周要用上差不多1.88个地球年，足足686天。火星的四季是漫长的。很早的时候，人们从望远镜中观察火星，发现火星表面有河道的痕迹，关于火星上有水和生物的观点一下子就找到了论据。电台甚至可以在4月1日愚人节开玩笑说火星人已登陆地球。

时至今日，关于火星的资料已积累了不下十万份，地球人可以从电视中看见这颗河道纵横、火山冷寂的星球。它那些宽阔的、上千千米长的河床依然保持着洪水冲刷过的痕迹，但里面没有水，所有的表层水似乎都蒸发掉了。这种死寂的情况就像火星正在休眠，一旦什么时候条件合适，它就会苏醒，如同地球一样，在自己的怀中孕育生命。凡是登上火星的人都有种特别的感觉：自己似乎并不是在一颗外星球上，而只是在地球的撒哈拉沙漠之类的地方，橙红的天空和地表会马上从自己脚下消失，白云绿洲顷刻间就会出现在视野之中。改造行星的计划之所以选择火星，和这种奇异的感受不无关系。

但火星就是火星，地球人在它上面来来回回，探索考察，火星却一声不吭，对地球人的企图一无所知，也不屑一顾。到今年为止，人类在火星上建立的固定和流动的科学考察站共计19个，有117名科学家在考察站工作。然而，虽然火星的体积只有地球的六分之一，考察站的考察范围仍不能覆盖火星的所有区域，为火星上究竟有没有生物这一千古热门话题找到正面或反面的确凿证据。

"火星啊！谜一样的星球！你呼啸的红色风暴掩盖了历史。那人面像也永远沉默着，不发一言。"

我第一次走进柏松站长的办公室时，加诺正吟诵着这个句子。对于我来说，9号站的一切都是新鲜的、令人激动的。但这所有的激动都比不上我看见办公室墙上挂着中国国旗时的震颤。主任，我是个中国人，国旗让我顿感亲切，而且这是在火星上。我情不自禁地走到国旗下，伸手轻抚它。

"科学没有国界，但我们科学工作者有国界。"柏松含笑说，"我和李兴荣都是中国人。"

"我也是。"我非常高兴。柏松那坚毅的外貌和平静语言中透露的自信都吸引着我。我没有失望，这个柏松正是我想象中的火星科学家的样子。到火星来，到9号站来，这真是一个天赐良机。能在柏松身边工作，真是太好了！

"喂，可别排挤我啊！"加诺撇嘴发牢骚，"我祖奶奶也有三分之一的华裔血统。"

"是吗？"李兴荣走进办公室发问，"怎么从没听你说过？"

加诺见唐棠跟在后面，赶紧上前问她："唐棠，你是哪儿的人？"

"我？"唐棠不明白加诺的意思，白皙的脸上有些红晕，"我是太空人。"

这答案倒出乎大家的意料。加诺愣住了，随即笑道："柏大哥，这么说我们都是火星人啦！关于国家、民族的概念，在本地应属过时。"

"不，那些概念是永远不会过时的。"柏松强调，"但是，加诺，你说得对，现在我们都是火星人！"

火星人！这真是一个激动人心的词。是啊，我们何必花费气力寻找火星人存在的痕迹，我们自己正创造着火星崭新的历史！

实习生　闻详

报告3：唐棠和李兴荣
《太空生活》杂志新闻部主任收阅

现在我和9号站的每一位成员都成了好朋友。主任您对我有很强适应能力的评语是正确的。正因为这样，我才放弃飞船驾驶员的工作而改学新闻专业。我希望从事更有挑战性、更富有趣味的工作。

经过几天的接触，我终于得到了唐棠的信任。她生性淡泊，不像加诺那么张扬急躁，也不像李兴荣凡事苛刻较真。那天早晨，令人陶醉的火星晨曦笼罩了绿色生态区，站房穹顶的厚玻璃在粉红霞光中变得透明而晶莹。火星大气在太阳光中红外线的激发下产生激光，闪过穹顶，扑簌不定，忽隐忽现，明暗不一。我发现唐棠正站在一架丝瓜藤旁仰望穹顶，似乎痴迷于这样的景象。

我上前和她交谈。唐棠的心情似乎很好，话也渐渐多了起来。原来，她是在"空中花园"中出生、长大的。"空中花园"这个地月间的空间城市目前仍保持着最大空中城市的称号，有着近5万居民。作为真正意义上的太空人，唐棠对于总飘浮于头顶上的那颗蓝色星球并不怎么感兴趣。她没有父母那一代人那么强烈的乡土观念——他们如此挚爱地球，以至于一旦退休就非返回地球不可。在唐棠这代人心中，老一辈的顽固不值一提，地球仅仅是个游玩观光之地：它的天空并不深邃璀璨，它把人束缚在它的土地上，在地球上的任何旅行都是缓慢而艰难的。总而言之，没有开阔的视野和自由欲飞的意境。

"空中花园"的年轻一代很少有留恋地球本土的观念，他们向往大宇宙，向往更深、更远、更辽阔的太阳系深处，并且竭力宣扬这种观念。事实上，由于他们中的大部分人一生都极少踏足地球，因此他们对地球的了解与感情都在日渐衰退。唐棠曾在年少时去过地球，她极度讨厌穿过大气层时的颠簸和紧张，后来就拒绝了此类旅行。

像唐棠这样的年轻人在"空中花园"里的工作主要有三大类：维护太空城的运行生存、参与月球工厂或矿区的开发建设、处理地月间的飞行及相关事务。唐棠选择了第一类，她在中级学校毕业时填写的工作志愿就是水循环工程、空气循环工程、废物处理工程等项目。她只要不离开庞大的、外形如睡莲之叶的太空城就好。

但这一想法在遇到玛尔斯后烟消云散。唐棠是在太空港的免税区逛街时认识玛尔斯的。当时，玛尔斯怀揣着太空局考察火星的任务书，将前往月球太空基地报到。就是在等待航班的那短短3个小时内，唐棠和玛尔斯一见如故。玛尔斯临走前与唐棠相约4年后返回地球时两人再聚。

但唐棠难以忍受这漫长的4年时光。她想来想去，唯一的办法就是自己也去火星，与玛尔斯相见。于是她选择无人问津的火星土壤研究专业，刻苦攻读，居然仅用两年就完成了专业学习，再经过大半年的体能训练以及官方层层审核，终于踏上了火星。

"我就要和他见面了，"唐棠不禁热泪盈眶，难以自已，"虽然我们可以用视频电话联络，但总是没有真正见面来的好！我在地球的努力学习终于有了点儿成果。现在想起来，我能坚持，也多亏了玛尔斯的鼓励。"她破涕为笑，笑得十分灿烂动人，"如果没有他，我还在太空城某处的地下管道做修理工呢！"

这时，太阳升了起来。火星上的太阳比地球上的更大、更亮。橙色的太阳在粉红色的天空上不太显眼，仿佛是许多粉红色块的凝结体，在天际中慢慢滑动着。稍有震动，这凝结体就会碎裂开，把那许多红色倾倒在大地上。

"你看！"唐棠感慨，"这壮丽的景色在地球与月球上都无法看到，多么特别啊！"

"玛尔斯还在火星上吗？"我真希望唐棠能够立刻和她的朋友相聚。

"当然。他在15号站。"李兴荣说。

"运气好的话，不用等到新年我就能见到他。"唐棠眼波流转，兴奋莫名。

李兴荣是站上的机械师、医生兼厨师。我很难给他一个

专业头衔，他似乎什么都会。考察站如果是一个人，李兴荣就是这个人的保姆，时时刻刻都在无微不至地照顾着他。

我是从加诺那里听到李兴荣的故事的。有一次，趁李兴荣不在，加诺偷偷带我去李兴荣的房间。那房间纤尘不染，所有东西都有条有理地摆放着，一如李兴荣本人的气质。令我诧异的是，这房间里好像有什么秘密。加诺变得鬼鬼祟祟的，他走进去，掀开床上的枕头，拿出一个真皮相框给我看。

相片里的两个人盈盈含笑。女子妩媚娇艳，男子英气勃勃。"那男子，你看是谁？"加诺问我。我端详半天，才看出那男子是李兴荣。他那张脸棱角分明、英俊非凡。一瞬间，巨大的悲哀席卷了我，我真不该提及李兴荣的脸，令加诺回忆起李兴荣以前的痛苦经历。

许久以前，考察金星的计划匆忙启动。在想要征服太阳系的热情驱使下，李兴荣报名参加了这一计划，一头扎进太空局训练基地，从此不想其他人和事。他有过一位多情的画家女友，她曾狂热地发誓要在画板上随他一起游遍太阳系。他在太阳系中走多远，她的画笔就画到多远。李兴荣取得优异的训练成绩，并接受了考察金星的任务。金星大气层全是浓硫酸，因此载人飞船必须用特殊的耐酸性材料制作，而敢于接受这个任务的探险者，也必须有过人的胆识。

基地如同另一个世界。等李兴荣完成7个月的全封闭式训练，走出基地时，他的画家女友已投入一位作家的怀抱。那位作家不曾有征服宇宙的雄心壮志，仅满足于修缮自己廉价购置的德国古堡。李兴荣没有指责女友的负心，他去过一次那古堡，在里面匆忙地转了一圈。女友和那位作家正在漆墙，一边漆一边开怀大笑，根本没有注意到李兴荣正站在他们身后。

然后，李兴荣就直奔耸立于月球发射台上的金星航天器。一切必须按计划执行，他必须抛弃地球上作为一个普通人能享受到的幸福。女友的变心没有影响他的工作，他在整个金星登陆过程中都表现得镇定沉着，并于极度危险的情况下将登陆器驾离金星。他救出了同伴和探测资料，却失去了半个身体和一张脸。

加诺绘声绘色地讲述着李兴荣的故事，令我如身临其境。我无法把整个故事复述给你听，但是，主任，总有一天我会把它写出来的。李兴荣实在是一个英雄。

"那其实是件很平常的事。"李兴荣却对他的金星之行轻描淡写，"任何人在那种情况下都会这样做的。"他从未因太空局把他放在不起眼的9号站而不满，对那位前女友的态度也很宽容。

"毕竟在参加宇宙开发计划的人中，足足有三分之二因此而失去了伴侣，只有少数人能够幸运地和同样参加计划的异性结合。"李兴荣平静地说，"地球上有耐心等宇航者归来的姑娘简直少之又少。虽然也有社会机构呼吁关注'宇宙人'的婚姻问题，但大家都明白，明摆着的事实使地球上的姑娘不敢跨越雷池一步——那就是太空与地球的时间差。

在太空中旅行的人可以休眠，三五载不过一梦，但地球上的三五载已足够孕育一代人。时间如同鸿沟，渐渐地就把地球人与'宇宙人'划分开了。

"月球基地与太空城的人稍微好一点儿，但他们对自己身处的土地的认同心理正在形成：太空城中的年轻人对地球不屑一顾，月球基地上的人则把地球纯粹当作旅游观光之处。他们与在太空深处、火星等其他星球上或小行星带附近飞行的人们，心理上泾渭分明。虽然太空考察探险是件光荣的事，可以获得荣誉与英雄称号，但也仅仅如此。只有拥有崇高抱负的人才会报名参加宇宙开发计划，普通人不会这么做。他们安然地过着高度文明社会提供的舒适生活，参加太空计划对他们来说委实太过冒险，那意味着告别现有的生活和思想观念。

"可是，归根结底，我们在太阳系中的所有活动还不是为了地球上的人们？'对于我个人来说，这是一小步；对于全人类来说，这是一大步。'这是第一位登月者尼尔·阿姆斯特朗发自肺腑的感言。我们甘愿在太空中飘流、在异星上生活，还不是为了让地球上的人类能够拥有更辉煌灿烂的未来？"

李兴荣说得真好！也正因为如此，他对勇敢的唐棠一直投以温柔的目光。他认识玛尔斯，两人曾经一起参加金星计划的训练。训练到一半，玛尔斯被调往火星科学局。玛尔斯原名察顿，为了表示对火星计划的坚决拥护，他把自己的名字改成了玛尔斯（火星的英文单词Mars的音译）。这样，他就和这颗火红的星球有了同一个名字。玛尔斯是个工作狂，那股子执拗与热诚像火一样，焚烧周围所有的怀疑、犹豫以及怯懦。李兴荣很佩服玛尔斯，但又觉得光有热情是不能做成大事的，因此他和玛尔斯并无太深厚的友谊。

"风暴结束的时候就是地球的新年，也是火星人团聚的时候。"李兴荣告诉唐棠，"那时你就能见到玛尔斯。"

唐棠倒不好意思起来："我是来工作的嘛，又不是专门来见他的。"

"你以后会经常见到他。"李兴荣说。唐棠不懂了，荔枝般的圆眼睛瞧着李兴荣。李兴荣解释道："每个考察站都有它的专业范围、负责区域和独家技术，这样可以避免重复建设并节约资金。我们各站之间会通过平常的工作互相接触，促进感情交流。这就是火星人的生活方式。明白吗？"

"也就是说，只要有充分的理由，我们也可以像在地球上那样经常串门聊天？"唐棠的眼睛熠熠发亮，谁都能看得出来她的眼中全是玛尔斯，心里也是玛尔斯，嘴边没说出口的还是玛尔斯，藏也藏不起来的。

"是的。"李兴荣回答，"实际上，我们一旦动身到冈瓦斯山脉腹地，你就有可能见到他了。15号站也有一个夏季考察计划，很可能会和他们碰头。"

他的回答让我也兴奋了起来。我真的希望唐棠能早日如愿以偿。

实习生　闻详

报告4：独自看家

《太空生活》杂志新闻部主任收阅

他们驾驶陆行车远去的场面就像是排练一样不真实。我心里充满了不应该有的伤感情绪。主任，柏松站长带李兴荣他们三人外出进行为期10天的野外考察，却把我，一个热心的新闻记者，丢在考察站。他们声称这么做是出于对我的信任。

柏站长对我进行了全面的留守培训：我要做好和太空站的联络工作，保证考察站一切正常，各个系统不能出任何差错。他的信任让我感动，内心里的几丝委屈全都烟消云散。

临行前，柏站长把一叠文件交到我手上，命令我收好。

"这些是什么？"

"遗嘱。"他轻松地说。立遗嘱的事常有，我自己上天前也留了一份交到了太空局律师处。谁也无法预知在太空中会发生什么情况，所以立遗嘱是以防万一。但柏松这样蛮具英雄气概之人居然也会这么做，倒出乎我的意料。我以为柏松会耻于立遗嘱的行径，或许他该说着豪情壮语奔向某地，才比较符合我心目中的英雄形象。

"我们都是普通人。"柏松看出了我的惊奇，"我当初和领导意见不合，一时负气才到火星上来的。我自己都没有想到会在这里待这么久。也许我将来真的要埋在火星的红土中了。"他拍拍我的肩膀，"小伙子，个人是渺小的。只有投身于一项伟大的事业时，你才能感受到生命的意义！"

昨晚，我度过了孤独的火星之夜。我走进生态温室，室壁闪动着微弱的荧光，仿佛夜空中的星星。站在温室之中，我忽然觉得周围空旷极了，仿佛置身于地球的原野中：天穹辽远，夜色幽暗，灯火在目光所极处飘动，四面都是青草与泥土的香气，蟋蟀在低吟，萤火虫在飞舞。我来到火星才7天，但仅仅过了7天，我就开始思念起地球来了。

从前不管是在月球基地上，还是在太空航行的路上，我都不曾思念过地球。而昨夜我的思绪却飘回了遥远的地球上，飘回我的故乡——中国陕西的一个普通村子。那村中的居民一年四季都很忙碌，收了麦子又种玉米，少有空闲的时候，但大宇航时代的风云仍然波及了他们。居民们或夜晚收看电视台的天文知识讲座，或醉心于用自家的天文望远镜观察银河。所有的孩子都渴望上天。但上天的路漫长而艰苦，有很多的考试和训练，而且一旦上了天，便注定会和家人永久分离。天上是另一个世界，时间再不会像地球上一样分分秒秒都规规矩矩地流动。

我上了天，飞来飞去的，就这样过了15个地球年。家乡泥土的芬芳与麦穗被压弯的丰收景象，在我记忆中早已模糊。我本来是一名飞船驾驶员，却因为对命运的不满而加入了新闻记者的队伍。如果我还是一名驾驶员，我可能会申请驾驶"地球—火星穿梭机"。有朝一日，火星的泥土也会变得芬芳，在火星土壤中生长的麦子也会结满沉甸甸的麦穗。

是的，必然会有这么一天，我们现在所做的每件事情不都是为了这一天的到来吗？

我盘腿坐下，附近培养槽中的绿藻在生长，丝瓜藤攀缘着竹架，茄子在一边静静绽放花蕾。我听见这些细微的声音，抓起一把泥土。泥土散发着地球的味道，那是一种独特的芬芳，慢慢浸入我的身体。我握着地球的泥土，坐在距离地球几千万千米远的火星的土地上，不知不觉就在这温暖的回忆中睡着了。

主任，您猜猜，我梦见了什么？

实习生　闻详

报告5：火星风暴

《太空生活》杂志新闻部主任收阅

您说我的上一份报告过于抒情，不符合《太空生活》的纪实风格。我力争改正。现在我已经看惯了通信器中察俄霍尼的脸，他很好心地提醒我注意太空站的气象预报。

此时，夏天悄悄来到了位于北半球的冈瓦斯山麓。地表的温度正在逐渐上升，整个北半球处于复苏状态。中午，在阳光直射之处，气温已达到15℃。凌晨时分，低洼之处甚至有薄薄的雾，那是火星大气中稀少的水蒸气形成的。柏松命令我把站上所有设施检查一遍，虽然太空站预测风暴还有一个多星期才会到来，柏松仍不敢掉以轻心。

考察站积累了一套对付火星风暴的经验。这是项麻烦的工作，首先要节省能源，关闭太阳能电池，把电池板平放后用双层胶毡遮蔽，然后收起通信天线，因为大风常把天线折断。考察站基墙周围2米的地方已浇铸上防尘混凝土，混凝土中嵌了许多小吹管，这些吹管与一台鼓风机相连，其产生的风力虽不大，却足以把砂土吹走。由于大风可能会卷起沙层，造成沙暴，考察站里所有与外界相通的管道都必须装上防沙网。有的管道，如废气排放管、二氧化碳吸入管，将基本不再使用。柏松预计他们在风暴来临前两天可以赶回，因而没有要求我做太多工作。

我用了3天时间收拾好了站外121块太阳能电池板。当我迈着笨拙的步子，拖着沉重的宇航服，像兔子一样一跳一跳地在电池板间忙碌时，整个火星世界安静地看着我。我打开了头盔上的通信器，想让外界的声音传入自己的耳朵，但什么声音也没有，除了太阳以及倾泻在大地之上的阳光，这个世界的一切生气似乎在许久前就逃遁了。

盖上最后一块电池板后，我累极了，找了块石头坐下。这些石头四处可见，大小不一，颜色或红或灰，散布在尘土之中。我抓起一把土，这些土实际上是细小的沙粒，赤红赤红的，这是由于沙粒中含有丰富的三氧化铁（FeO_3）的缘故。红色的大块石头是绿高岭石，这种石头在地球上通常呈黄绿色，在火星上却是红色，而且具有磁性。科学家们认为，这是由于陨石撞击地面时瞬间产生的高温，使山崖上的绿高岭石的性质发生了巨大的变化，并被整块整块地击碎，成为构成火星红色地表的重要组成部分。

小沙粒在我手心不安地滚动，过了一会儿，我的耳机中响起一种嘶哑低沉的声音。开始我以为是机器的噪声，便关上通信器，然后再次打开。声音依旧存在，很低，呜呜咽咽，像是什么生灵正在哭泣。我朝发出声音的方向望去，极远的天边，有一缕鲜红色正在凝结，越来越浓重。我本能地站起来，手中的沙粒落在地上。天边那鲜红色不断扩大，渐渐染红了周围的天空。

风暴来了，正如纪录片中所上演的情况一样。它比太空站的预测早到了差不多一周，我向考察站走去，希望柏松他们可别碰上这场风暴。

16至17世纪时，天文学家观测火星时常被火星部分地区时阴时暗的问题难住，他们推测那是一种季节变化，是火星上森林落叶的浓密变化所造成的，这也成为火星人存在的"证据"之一。后来，1976年7月20日，美国"海盗1号"无人宇宙飞船到达火星，人们才发现火星上没有树木，造成阴暗变化的其实是火星风暴。

火星的大气层十分稀薄，其厚度充其量只有地球大气层的百分之一。这样稀薄的空气很容易被加热，尤其在夏天。午后阳光迅速加热地表附近的空气，热空气上升成为旋风，旋风卷起尘埃，形成尘暴。这旋风如同一个涡旋漏斗，在空中拍下的照片显示出它的顶端像一朵硕大无比的蘑菇，高达五六千米。而旋风卷起的沙尘，使火星上到处都是灰蒙蒙的一片。飞旋的沙尘需要大半个月才会散去。这大半个月中，旋风继续刮着，阵阵尘暴掠过荒漠，红沙飞扬，天昏地暗。这虽然是地球上少见的景致，却给考察站的科学家们带来了很大的麻烦。

火星风暴专业是近几年研究火星的学科中较热门的一个，主要研究火星风暴的生成和运动机制。只有这一专业的人才总是盼望风暴发生，他们把沙暴形容为"大自然的游戏"，能够勇敢地站在狂怒的大风中任沙粒扑打而照样摆弄仪器。他们的工作比其他工作更不为公众所理解。曾有人批评太空局花费巨资设立这一研究项目纯属浪费，认为该项目研究人员从地球物理专业或沙漠学专业毕业的学生中挑选即可。但自从改造火星的计划启动后，所有舆论又变了话锋，称这一专业的学者有无比的勇气和科学献身精神，是真正的英雄。究其原因，恐怕在于沙暴着实是人类移居火星的一大障碍。

我急忙进入考察站，刚关闭温室的天窗，沙暴就气势汹汹地到来了。整个冈瓦斯山麓都弥漫着红色的沙石。虽然坐在屋中，我仍然能听见狂风呼啸，这声音如怪兽的怒吼，震得人耳膜发抖。它们仿佛是火星地底某种生命力的苏醒，在向敢于蔑视它的人挑战。我惴惴不安，在这种声音之中，我不能静下心思考任何一件事，甚至无法思考，似乎自己正处于大风的涡旋正中心，四周全是红色的尘沙。刚开始还能忍耐，但过了十几分钟，我就无法坚持了。

我忽然想到可以去地下室，那可能是个躲避风暴的好地方。果然，地下室仍寂静安宁，没有风声，也没有沙石的摩擦与撞击声，怪不得站房要半埋于地下。我一下子放松了许多，便想和太空站以及柏松取得联系，但没有成功。风暴严重干扰了无线电波的发射。据说风暴会持续半个月之久，那岂不意味着我要孤守此地，独自奋战吗？我在心里大骂。我才发现自己也有那么害怕、那么脆弱的时候。

实习生　闻详

报告6：加诺归来
《太空生活》杂志新闻部主任收阅

这份报告您可能无法及时收到，这是因为风暴使考察站和空间站的通信中断了一阵子。大风已持续了4天，5个风暴测试器尚能正常工作，可是那些已经适应火星阳光的植物却不大精神，各种藻类制造的氧气已比正常值减少了20%。我给植物们提供了人造光，但光强不够。没有办法，关闭太阳能电池后，站上所需的全部能量仅靠一座微型核聚变反应堆供给，我不敢轻举妄动，只能按照柏松留下的应急手册办事。

与柏松和察俄霍尼的联络中断了很长的时间，这比任何事情都让我忧心忡忡。几天来，我听惯了呼啸的风声。在地球上，风暴被称为"魔鬼之刀"，能杀死一切生物、毁灭一切东西，甚至能瞬间搬走十几米高的沙丘。最有经验的人也不敢与风暴相抗争。而现在，柏松他们是不是也遇到了风暴？有没有危险？我为此揪着心，坐立不安，常从熟睡中惊醒，然后爬起来查看通信设备。但那显示终端总是一片雪花，没有任何信息。

我把一切都料理得很好：成熟的蔬菜摘下来用保鲜膜包好，清水也储存了很多，空气更是绰绰有余。保证柏松他们回来就能吃上可口的饭菜，洗个舒服澡。

在温室里，听到风声稍有异样，我都要屏住呼吸，仔细谛听，希望那是柏松他们回来的脚步声。不知怎么的，我总是会想起休眠器中的查尔尼。这让我更感到紧张和惶恐，不受控似的在温室的小径上走来走去。如果加诺没有在此时突然归来，我想我肯定会疯掉。

看见他回来了，我乐得一把将他紧紧抱住，差一点儿勒死他。加诺风卷残云般吃掉了我给他端来的一大盆掺了豆子、牛肉、玉米、黄瓜、火腿的炒饭，才告诉我柏松他们三人还留在离此210千米远的山中。由于他们发现那里土壤中的碳含量比通常的高，而且其他微量元素的含量比例也有异常，柏松决定趁夏天部分土壤解冻时钻井取样，而且要赶在风暴到来前完成。加诺自告奋勇地跑回来取食物和工具。

"激光钻探机你一个人怎么拿？我也去。"看见他的物资清单，我立刻建议。想不到他竟然同意了。想到可以步行于红沙漫天的风中，体会风暴的残酷，见识火星山崖的陡峭，我顿时热情倍增。

需要带去的东西挺多，加诺的陆行车装不下，但站上也没有别的车了。"登陆舱！你来火星用的那玩意儿！那家伙基本上还完好无损，充上液态氢就可以上天入地。"加诺灵机一动。我还犹豫着，他就激我："你真有飞船驾驶执照吗？怎么连个登陆舱都不敢开。"

这简直是对我的鄙视，我无论如何不能忍受。于是，我就擅自捡起老本行，重新变成一名驾驶员了。

突如其来的大风又突然减弱了。我和加诺都为之一振，觉得这是个好兆头。我们花费了两个小时，把登陆舱拖出站房20米远的地方并竖立起来，再把物资一件件搬入，包括车子，最后给发动机加满燃料。万事俱备后，我又仔细检查了一遍考察站，确定没有一点儿疏漏，才进入登陆舱，坐到久别的驾驶员的位置上。登陆舱的主控室温暖而干燥，空气就像考察站中的一样清新。那些纵横交错的线路如同迷宫，我身在其中却有如鱼得水之感。

我问加诺准备好了没有，加诺看了看他的表。"我已经用掉了9个小时。同志，快飞，快飞！"加诺把双臂交叉在胸前，"听说你是个很不错的飞行员。是吗？"

这个人真讨厌，我心里暗骂。想在加诺口中听到点儿赞扬或敬重的话是不可能的，他德行如此，怪不得人家要把他派到火星来，他也只配待在这不毛之地，省得那张嘴招人嫌。

我按下"启动"键，片刻后，就听到了发动机微弱的声音，发动机开始工作了。随后，所有仪表都开始动起来，而小小的舱室也随之轻轻震动。

实习生　闻详

报告7：野外
《太空生活》杂志新闻部主任收阅

柏松看见我时并没有太惊奇，他似乎早已料到我会想方设法来野外参与他们的工作。他们在峡谷中的一个山洞里扎营，正等着我们的机械。峡谷幽深，两侧岩壁高耸，谷底平缓，沙石遍布。落日余晖中，稀薄的火星大气层熠熠生辉，时而粉红，时而蓝绿，光芒映照在山石上，山石也有了奇幻的色彩。我环视四周，不敢相信风暴就在200千米之外肆虐着。

野外生活看来很适合唐棠，她眉间的忧郁已经被开朗所替代，脸色也红润了许多。她问我火星风暴好不好看，她一直想目睹。

"那有什么好看的！"我说，"每个人都讨厌风暴。"

"那也是壮观的自然景象嘛。"唐棠撇嘴，"月球上可没有。"稍后，她又笑着对我说，"你来了就好，我们和你联络不上，正担心呢。柏大哥整天都在惦记你。"

"我把闻详带过来是多么善解人意啊！"加诺在一旁自夸，"不过，请柏站长放心，请唐棠小妹安心，李兴荣二哥

129

宽心，闻详办事稳妥，把9号站里外都检查了三遍，肯定万无一失！"加诺见站长并没有责备他带我来，又恢复了往日的调皮。

夜晚很快就来临了，加诺和我走到洞外。火星的夜晚静谧而安宁，火卫一、火卫二毫无生机地挂在天空上。这两颗星星比月亮差多了，外表粗糙丑陋，密布陨石坑，形状宛如土豆。天空中的星星很多，我一眼就认出了地球。

"看，那是地球。"我兴奋地对加诺说。

"是。"加诺抬头仰望，长叹一口气，"我很想念它。"

"这我可没看出来。"我有意模仿加诺说话的语气。

"其实，我当初并不想到火星来。我本来想做个花匠。这想法很可笑是吧？但我真的很喜欢花。我小时候最喜欢做的事情就是在保留地里种树，把一棵小苗栽进土中，给它浇水、剪枝，看着它绿色的叶子在阳光中舒展，那种感觉真是棒极了。可后来不知道怎么就阴差阳错地学了地理，这可能是我父亲一手促成的。我大概是想要逃避他给我安排的命运，拼命要离开他的呵护，结果一逃就逃到火星来了。"加诺脸上的笑容若隐若现，"刚开始时，我苦恼极了。你知道这儿和地球上的荒漠有多相似吧，那些荒漠正是我想种树，想改造成绿洲的地方，可我在这儿却什么也做不了，甚至连头盔都不能摘下。"他敲击着防护头盔，一脸苦笑。

"以后就可以了。"我拉住他，"以后一定可以。"

"你是说那个火星改造计划？可有人说，那是疯子的计划。”

“怎么可能是疯子的计划！这计划一定可以实现。”我反驳。

“是，我们人类是至高无上、无所不能的。我们变沼泽为良田，平大海为城市。高峡出平湖，荒漠变绿洲，我们甚至连飞到火星都做到了，还有什么做不到？”加诺的声音中又多了平素的嬉笑。

“你不相信？你为什么不相信？”我的自尊心颇受伤害，“我想你和那帮‘外星崇拜派’的看法一样，认为金字塔是外星人修的，印度古城是外星人毁灭的，甚至我们地球人也是外星人创造的。没有外星人相助，我们还处于古猿时代，在树枝上跳舞，是吧？你就是这么想的吧？”我激动起来。

“你们在谈什么？”唐棠过来问。

加诺笑道：“闻详以为我是‘外星崇拜派’的，正评判我呢！”

“什么叫‘外星崇拜派’？”唐棠好奇地问。

“你连这个也不知道？”加诺和我异口同声，颇为诧异。

加诺笑道：“你是不是地球人？连上个世纪最流行的思想流派都不知道吗？”

唐棠不以为意：“我出生在太空，从这个角度来说，我的确不是地球人。”

“天哪！”加诺摊开双手，做出无可奈何状，“闻详，这科普的任务就交给你了。”

关于"外星崇拜派"的历史可以追溯到20世纪，该思想在21世纪中叶最为盛行。那时候，书籍、报刊、影视作品都在宣扬这种观点，或叙述古代的种种奇观，或描述现代的件件怪事。外星人的智慧大放光彩，外星人的身影无处不在。他们自史前时期起就以无比的热情关注着地球，先是把古猿变成人，为了帮助古猿进化，甚至不惜贡献自己种族的遗传信息。然后他们就做起了老师，领着牙牙学语的地球人从原始社会一步步走入后工业化社会。当人类可以摆脱他们的操控，独立发展时，他们又唯恐人类会破坏地球的生态平衡，便开始抛头露面，警告地球人。从20世纪中期开始频繁出现在人们视野中的UFO，就是他们在天上投下的红色惊叹号。

　　外星人终于演变成万能的、至高无上的神，取代上帝在人们心目中的地位，成为一代人心目中的偶像。人们狂热地寻找着他们，渴盼一握他们的双手，从他们的口中问出征服宇宙、长生不老的方法或者其他地球人梦寐以求的东西。在这种情绪的影响和支配下，无线电天线建造得越来越长，太空生命寻找计划变得越来越复杂庞大，特异功能者日夜跪在金字塔下呼唤驾驶飞碟的外星人快快到来。这股浪潮直到太空站在月球上建立第一个月球工厂才慢慢冷却。但直到今天，该思想流派仍有支持者，他们在不断寻找着证据，力求证实他们认定的是真理。

　　在"太空花园"出生的唐棠对这一切都不清楚，她听得津津有味。我想不到竟然会有人不知"外星崇拜派"为何物，但这也很合乎情理。在"太空花园"和月球居住地，人们只相信自己，当然会摒弃外星人是神的观点。否则，他们又如何在无根的太空中生活呢？人类是无敌的，仅仅用了半个多世纪，就建成了3座大中型太空城市、6个月球城市，并投入使用。看到这些宏伟建筑的人无不衷心赞叹同胞的智慧与建筑者的巧夺天工，为自己是人类的一员而骄傲。"没有解释不了的事，只有没有及时发现的事。"这是第一座太空城市的设计师说的，他不反对太空生命论，只是对外星干涉论表示怀疑。这种怀疑始终没有证据支持，但也没有证据能证明它是错的。作为太空城市的居民，唐棠从小受到的教育是正统的人定胜天论，而她在地球学习期间，只顾埋头啃书本，根本无暇顾及理论学院中的各种思想流派。

"那你是不是呢？"唐棠问加诺。

加诺拍掌大笑："我要是，闻详会把我杀了。"

我不好意思地说："是我一时激动。这种崇拜没什么好处。"

"你们看，流星！"唐棠指向东南方的天空，兴奋地叫。

"地球上要晚好几个月才能见到狮子座流星。快许愿！一定会实现的！"加诺嚷道。

"我希望不久的将来，我们能摘下头盔，不戴氧气瓶在这儿散步。"我仰望苍天，虔诚地说。

"一定会做到的。"加诺抱住我的肩，"到时候，我就在这儿种果树。唐棠，你呢？"

"我，"唐棠一笑，"我要和玛尔斯在一起。"

"我已在此工作了3年。"加诺与我在地球、月球上所见的成千上万个充满朝气的小伙子没什么两样，但实在看不出他竟然已有3年的火星经历。"这是我最骄傲的事。我愿意老死于此地，长眠于它的红土怀抱中。"加诺脸上的肃重只维持了不到10秒，便重又现出一副嬉皮笑脸、玩世不恭的样子。他一边念诗，一边用手臂比画着，做了一个下定决心、万死不辞的姿势，我和唐棠都被他的滑稽相逗乐了。

流星似雨，划过夜空，那遥远的地球如同雨中璀璨的灯塔。

我们三人并肩立于星空之下，极目远眺，心情都如潮水起伏，久久不能平静。

这条峡谷被柏松取名为龙门峡，初次取土样的地方在峡谷西南距离营地5000米处。柏松计划抓紧时间，再随机取两次土样，并钻一口200米深的井，抽取岩芯。完成这些工作后，我们就撤回考察站。察俄霍尼对龙门峡土壤的化学分析结果很感兴趣，鼓励柏松趁热打铁。

钻井的地点很快就选好了，距登陆舱着地点9000米。次日一早，我们四个男人就动手把激光钻探机的箱子抱到陆地飞车的货位上，运过去后再拆箱把机器装起来。机器半个小时就装好了，但辅助电源和辅助电源的燃料供应器从搬运到装用，却花费了近3个小时。等大家都准备好，开始钻探时，唐棠来催我们吃午饭，一个上午就这么过去了。午饭是饼干、压缩软膏式赖氨酸蛋条和一小管水。吃饭也是个十分复

134

杂的过程，好在帐篷都还支着。这种帐篷专供星际野外考察人员使用，是全封闭二层式的，篷角缝进输气管，管子一端有气阀和氧气袋相连，使得帐篷内层充满空气。考察人员进入外层，拉好帐篷拉链，然后打开外层气阀，使外层渐渐充满空气，等内外层的气压均衡了，人就可摘下头盔，进入帐篷内层。帐篷虽然不大，但可以提供适合的温度、适量的空气，人在其中要比穿着防护服活动自如，所以挺受欢迎。几乎所有出外考察的人都会背着一顶这种帐篷。

午饭后大家开了个会，研究要怎样根据钻井地区的土质情况使用钻机。很快大家统一了意见。我们来到确定地点架好钻机，把各种电缆像拧麻花似的连接在一起。下午1点多钟，钻探机发出轰鸣刺耳的声音，向地下钻去。

"我们接下来能做的只有等待了。"李兴荣说。柏松没吭声，看着那激光钻头滋滋有力地在泥土中钻动着。加诺在监视机器的运转。他工作起来可是相当认真的。

40分钟后，激光钻头从200米深的地下带上来第一批样土，接着，钻头在同一地区横向抽取岩芯。工作继续平稳地进行，钻头共钻取了三处地层，取回样土87千克。

"我们对这条峡谷的勘查工作基本完成，可以收工回家了。"柏松在地图上把峡谷最模糊的一个细节画好，对其他人说。大家都很高兴，加诺提议返程前来一场攀岩比赛。这是考察队员最爱的野外健身运动，不用绳子，徒手攀登，比地球上的攀岩更刺激更好玩。

"计数器！"唐棠忽然叫道，"计数器动了！"原来加诺把样土堆在了装仪器的箱子上，辐射计数器正好搁在旁边。现在计数器上的数字在狂走着，表明这附近有很强的辐射源。大家奔过来看，李兴荣把计数器拿开，计数器上的数字渐变为零，然而一旦接近箱子，数字就猛增不停。

"那样土有问题，看看是哪儿的。"柏松命令。很快查出第一口井下的样土中含有放射性物质。"再取一批这井中的土。"柏松立刻下令，我们又动手把钻探机移至第一口井处。这回在地下50米、100米、150米处各取了三次样品，然后我们才把钻探机卸了装箱。接下来的工作就是把机器拖回登陆舱，收拾行囊返回考察站。

野外考察就是这么平淡无奇，恐怕所有科幻小说家都要大失所望了。我仔细观察那细细的井口，井下漆黑，深不可测。

"很快这个洞就会被沙石填没。"李兴荣走过来说，"我们在这里的痕迹也将很快被风掩盖。但是，我们总要在这个世界上留下些什么。"

实习生　闻详

报告8：救援
《太空生活》杂志新闻部主任收阅

我们将要离开龙门峡时，收到了太空站的救援命令。5号考察站在两小时前发出紧急救援信号，它的位置在冈瓦斯大山脉另一侧，具体是在离我们有600千米的多诺奥利峡谷口的达斯托加火山。

柏松马上着手拟订营救计划，准备营救器材。他决定让唐棠携带样土和一些无用的物资先返回考察站，其余的人参加救援行动。我和他乘登陆舱去出事地点，加诺与李兴荣开陆地飞车紧随其后，唐棠开另一辆车回考察站。

"你要小心风暴。"柏松仔细查看了唐棠的装备，确定没有什么差错后叮嘱道。

加诺冲她挥手："一个人的时候可别哭啊。"

李兴荣问她是否已记住站内电脑的联络方法。

"我记住了，放心，我不会进不去的。"唐棠给每个人一个甜美的微笑，"你们可要快点儿回来。"她跳上车。她不知道我们将会给她带回怎样的消息，还把氧气特意多给我们留出一袋来。

"我们到了。"李兴荣熄灭车头灯，太阳还未出来，火星的黎明笼罩在一层薄薄的青霭中，显出这颗荒凉星球冷漠而寂寥的美。他低头看表："比察俄霍尼要求到达的时间早了两个小时。那就是达斯托加火山。"他指向晨曦中朦胧的山影。

"困死我了。"加诺打了一个哈欠，"赶了几个钟头，柏大哥呢？他们不会还没到吧？"

李兴荣拿起望远镜四下张望："没有看见他们，登陆舱降落到哪儿了？"

"闻详这小子没问题的。"加诺打开通信器的全部波段进行监听，"你再好好看看。"

"那边有些巨石，我们开过去看看。"

按照他们后来所说，开过去后，他们果然看见了停在一块低地里的登陆舱，斜坡遮住了李兴荣的视线。我正在舱底趴着。

"啊！"加诺放声大喊，也不管这一声在耳机中多么骇人，"我们到了。闻详，在忙什么？"

"发动机坏了。"

李兴荣一惊，这不是什么好兆头。红外镜中的火山轮廓已逐渐清晰起来。

柏松跳下登陆舱："到山脚还需要一段时间。闻详，怎么样了？"

"还没查出问题来。"

"救人要紧，回头再说吧。"

我从舱底爬出来，加诺指着我的头盔大笑，我拿袖子抹了抹，一看肮脏的袖子，也止不住笑了。

"你最好笑得小声一点儿。"李兴荣拍拍加诺的头，警告他说，"这是种噪声。"

火山越来越近，它是如此高大雄伟，我都看呆了。

"山口直径47千米，底边周长128千米。这只是一座普通的火山。"李兴荣说。

"5号站的人就是在这附近失去了消息。我们分头寻找，把通信器的所有频道都打开。"柏松命令，"每个人多背两个氧气袋，准备给5号站的人。加诺，你从北边上，我从南边上。李兴荣你从这正面上去。闻详，你开一辆车去峡谷，绕着火山看看。"

"好极了，我一直渴望爬山。"加诺摩拳擦掌。

"我要是没发现什么情况，该怎么办呢？"我问。

"那就从山的背后爬上去，我们山上见。"李兴荣提醒大家，"要动作快点儿，这山有14千米高，而我们的氧气供给有限。"

"知道了。好在有过滤绿藻，你放心吧。"加诺不在乎地说。

过滤绿藻网层装在头盔下侧，宇航员呼出的二氧化碳被网层中的绿藻球菌吸收，转化为氧气。这样，宇航员的头盔就成了一个小小的气体循环室，大大延长氧气瓶中氧气的使用时间，给长时间野外作业的人带来了许多便利。

"那我这就出发。"我发动陆地飞车。

加诺喊："快点儿，发现了什么就立刻联络。"

渐渐地，他们三人的身影在晨光中变成三个小亮点。太阳出来了，从火山后露出大半个脸，赤红的岩石在它的照耀下格外醒目。我迎着太阳驶去，风从我的头盔边擦过，好在它很柔和，并没什么威胁。太阳又圆又大，光芒夺目，我不敢直视它，不得不侧过头去。车子仿佛在向着太阳驶去。

我调转方向，火山投下的狭长阴影慢慢清晰，火山的外表也渐渐显露，它比地球上的火山更雄伟壮丽，因为没有动植物以及水等自然力量的侵袭，它完美地保持了最初的面貌，悬壁、山石看上去狰狞又壮美。

　　"我没有任何发现。"我向柏松汇报，"我已经穿过峡谷，转到火山的另一侧了。"

　　"好，你也爬上来吧，我想他们一定是从南坡上山的，那边的坡面很平缓。"柏松在通话器中说，"你能把车子开上来吗？"

　　"我想我能。"我操纵着车子慢慢驶上南坡，"没有任何车子的痕迹。"

　　"昨天这一带还在刮风，5号站是在风里迷失方向的。"这是李兴荣的声音。

　　"那怎么确定他们一定上山了呢？"加诺问。

　　"我不敢确定。5号站最后的确切位置是在这座山下4千米的地方，就是我们刚才看见的那块石头的附近。"柏松回答加诺的质疑。

　　"那么他们倒真的可能上山呢。我想，哎呀——"

　　"加诺！"三个人都叫起来。

　　过了片刻，加诺的声音才重新出现："啊，我没事，刚刚差点儿掉下去，在这儿爬山根本不费吹灰之力，就是不太容易站稳。"

　　我开了半个多小时，平缓上升的南坡突然变得崎岖不平，难以行驶。现在地面不再是灰红色的绿高岭石，而是大块大块的火山玄武岩。这些颜色灰白的石头难看极了，丝毫没有美感。我前方的路被一条深沟切断了，这条深沟像是火山岩浆喷发形成的。"我只能把车扔下，徒步过去。"我报告完，便把行囊背好，下了车。沟深4米多，长有12米，我目测了一下，跳过去是不可能的。只能踩着岩石，一步一步小心地下到沟底。我举起望远镜，好像有什么东西在西北边晃动，我走了过去……啊，是太阳能电池板，5号站的！

5号站属于流动站。所谓流动站，实际上就是个大货车，通常长25米，宽7米，配有沙漠专用轮，灵活机动。车上载有许多专用仪器设备，是个流动的实验室，用来弥补固定考察站人员无法长期外出作业、采样分析过程太慢等缺陷。现在火星上有7座流动考察站，5号站的主要任务是考察火星上是否存在水。

"我找到5号站的东西了！"我十分激动，"电池都被绞成麻花了，要我带上来吗？"

"不必，你在附近找一下还有没有其他东西。"

"好的，柏大哥。"

"我看是风造成的。这儿的风力可达11级。"李兴荣很快说出了他的猜测，"那风可以把站房整个掀起来。"

"我计算过察俄霍尼给的数据，这里不可能有这么大的风力。"加诺接过他的话，"喂，闻详，你好好看看，说不准是火星怪物出来了呢。"

听他这么一说，我停下了脚步，通信器里三个人的声音同时响着，令我应接不暇。我找了块石头坐下，喘了口气，可惜无法掏出手帕为自己擦汗。我按动左手臂上的控制键，头盔里弹出一只机械手为我抹了抹额头，其实额头并没有出汗。

我在这条沟里来来回回走了两遍，再没有发现5号站的其他东西，太阳能电池板仿佛是自己飞到这儿来的。我百思不得其解，只得爬出深沟，继续向火山顶峰走去。

"我就快到峰顶了。"加诺说，"啊，我也找到了一样东西，它挂在那儿。"我的心一下子被揪住。"是块板子，我不知道它具体是什么，等等，我想可能是驾驶室的一部分。我做个标记。"我险些跌跤，赶紧扶住一块石头。天啊！5号站出了什么事？我发现自己不知道何时变得脆弱了，经不起一点儿打击。

"闻详！闻详！"柏松呼唤。

"我没事儿。"我的声音微微发颤，"我希望他们也没事儿。"

"当然！"柏松断定。

我一路小心翼翼地爬着，虽说火星的重力仅有地球的三分之一，但要爬上近9千米高的山峰也并非易事。起跳时还要当心，头盔以及衣服万万不能被划破，只要有一个小洞就完蛋了，不是被内外不均衡的大气压挤扁，就是因二氧化碳过浓窒息而死。这儿的石头虽不像刀子般锋利，但有棱有角的可不少。爬到顶峰时，我觉得四肢都不是自己的了。一路上又看见两件5号站的东西，我都仔细地把位置记录了下来。

"我上来了。"我站立在原地喘息。火山口就在50米以外。我极目远眺，模模糊糊看见远方有个小黑点。

"告诉我你的位置。"柏松的声音总是叫人放松和振奋。

我看看四周，注意到西南有一座山峰："旺勃达山峰在我的西南方向，大约700米。你在哪儿？"

"我在火山口，你的东北方向。你走过来就能看见我了。"

我依照他的吩咐向火山口走去，只是腿似沉铅，走动起来相当吃力。我终于走到火山口的边缘。火山口如一只巨碗缓缓下陷，坡度变化不大，山口距离底部约12千米，阳光能够照到的面积不足一半。灰色的火山石和红色的沙土交错层铺在斜坡上，阳光在上面流淌。

我看见柏松、李兴荣和加诺站在山口四周，似乎与我近在咫尺，那却是天与地的距离。

"小伙子，打起精神来。"李兴荣的声音涩涩的。

"我没有不精神啊！"加诺说，"我希望他们就在……那是什么？"

"你发现了什么？"

"有光！如果我没看错的话，应该是激光。"

"别慌，我这就过来。"

柏松的话音刚落，我已拔腿奔向加诺。我摔了一跤，十分钟后，我上气不接下气地抓住了加诺的肩。柏松也随即赶到。李兴荣还在奔跑。

"在那儿！"加诺把望远镜递给柏松。柏松慢慢地搜索整个火山口，的确，在山口下约4千米处，有一个微小的光斑在晃动，非常有规律。光束在山壁上反复描写着三个字母：SOS。

"就是那儿！"柏松的声音中压抑不住欢喜。加诺和我已开始向山口里跑。李兴荣到了。

"我们耽误了一个小时。察俄霍尼说他不相信火星上的山如此难爬。"

"让他见鬼去吧！"柏松"啪"地关了李兴荣携带的卫星通信器。

李兴荣笑道："我早就想这么干了。"

加诺和我连滚带爬，踉踉跄跄地跑下山口。光斑的亮度在慢慢减弱，最后完全消失了。加诺发疯似的在那些大石间寻找。

"那儿！"我喊了一声，奔至一块大石头后。那儿有个小洞，洞里黑黑的。我打开应急灯，看见洞口趴着一团东西。加诺急忙上前去扶，果然是个人。他全身皮肤发黑，变得与尘土色泽相似。他手里握着激光发射器，脸色发白，呼吸急促。加诺从负重里取出一袋氧气，拔出导气管，连上那人的氧气瓶，新鲜的气体立刻就发挥了作用。那人的肤色逐渐恢复正常，呼吸也平稳多了。我进洞搜索一番，并未发现其他人。

加诺掸净那人身上的尘土，问："你感觉好些了吗？"那人摆摆手，指着头盔里的通信器，比画了一个"坏了"的手势。

加诺着急，灵机一动，把手腕伸到那人面前，在腕部计算机上敲击："其他人呢？"

那人艰难地举起手，按动键盘："不知道，风起得太突然，我当时在站外检修。"

"我们是9号站的，来援救你们。"

"谢谢。"那人的胳膊无力地垂下，加诺急忙抱住他。

"我们得找到其他人。"柏松和李兴荣都到了。

"5号站有4个人，对吗？"柏松问那个人。

"5个。我是塞若。"

"快找吧。"柏松无暇再了解情况，喝令众人。搜寻工作便在焦灼与不安的心情中展开。

太阳已升到天顶，沙石摩擦发出鸣叫声。但在山口中的人感觉不到阳光的灿烂，他们已经到了火山口下6千米深处，仍一无所获。塞若的一条腿骨折了，柏松让我留下来照顾他。我支起帐篷，给他做简单的治疗和包扎，还帮他换上一套新的野外工作制服。

柏松他们终于在火山口下8千米处发现5号站的残骸。5号站已经被彻底肢解了，蓝色的部件四分五裂，散落在红色的土地上，情景触目惊心。加诺的脚步不敢慢下来，他不愿看到这一幕，又不能不看。他低着头，提心吊胆地在碎片间小心地走着。

一小时后，柏松与察俄霍尼取得联络。"察俄霍尼，我们找到他们了。"

"怎么样？"

"只有塞若活着。其他四个人都不幸遇难。"

"怎么会有四个？"

"15号站的玛尔斯碰巧也在这儿。"

察俄霍尼沉默片刻："柏松，你把他们就地埋了吧。3个小时内你们必须撤离，有一股旋风就要到了。"

"但愿你的天气预报准确。"

"柏松，我很难过。但是……"察俄霍尼的声音哽咽了，"我只能说对不起。"

柏松关闭了通信器，这确实不能怪察俄霍尼。人类研究了几千年，尚不能百分之百准确预报天气情况，何况是在火星。

"老察没上任多久就遇到这事，可真够他受的。"李兴荣说，"我们还是听他的，把死难者葬了吧。"

"好。"柏松点头，默默地走到死者面前。

四个人平躺在红色的沙土中，衣服已经整埋过，脸上也擦干净了。柏松试图记住他们每一个人的脸，但他只看了一眼就流泪了。而加诺、塞若与我都已泣不成声。

"是窒息死亡。"李兴荣尚能保持镇静，"风力太大，连救生器都断裂了，可能低气压也起了一定作用。我们还得找出站上的黑匣子。"

"我们要快点儿，有风暴。"柏松无法找到合适的词句来形容自己的心情。但李兴荣说得对，死亡就是死亡，活着的人还得坚定地活下去。他是站长，他必须对站上的每个人负责。塞若为死者拍了照，我和加诺开始挖坑。从死者身上找到的遗物都交到了柏松手中，他小心地一一收好。我们从玛尔斯身上只找到一个吊坠。坠子打开，出现一位年轻女郎甜美的立体图像，那女郎正是唐棠。

我们更加悲伤，该如何把这噩耗告诉那日夜盼望与玛尔斯相见的姑娘？她飞越4000万千米来到火星，仅仅离心上人只有几百千米了，而迎接她的竟然是永别。唐棠能够承受这个打击吗？

红土飞扬，渐渐埋没了四位火星考察者的遗体。他们每个人的面容都安静而祥和，没有对死亡的恐惧之色。红土终于盖住了他们，5号站的残骸堆在红土上，成了墓碑。他们生前与5号站相伴，死后也将与它相偎相依。"这是最好的墓碑。"柏松沉痛地说，"我们向献身火星的勇士们致敬。"他带着我们恭恭敬敬地向墓碑鞠了三个躬。

"走！"柏松忽然不再有悲伤之色，悲痛激发了他身上的力量。他大踏步向火山口走去。李兴荣背起塞若，加诺和我携带一大包5号站的珍贵遗物殿后。那座新坟渐渐远去。爬到山口，我最后一次回头寻找那墓碑。墓碑在火山的阴影中闪动着金属的光泽，肃穆而悲壮。刹那间，我心里掠过一个念头，但愿自己也能长眠于火星的红土之中。

实习生　闻详

报告27：告别

《太空生活》杂志新闻部主任收阅

　　主任，这是我最后一份实习报告了。不久，我就将出现在您的办公室，等您给我这4个月的工作做一个评价。不过，说实话，我现在对实习成绩已并不在意了。我想，也许新闻工作并不适合我。

　　这4个月，火星考察计划又进入了新的阶段。火星考古学这一新学科的研究人员此前一直在纸上谈兵，现在他们终于来到了这颗星球。龙门峡成了他们火星考古的首站，那里的地层深处的放射性土壤引起了他们的关注。据称，这可能是火星上曾发生过大规模核战争的重要证据，对火星改造计划有重大意义。

　　他们在我们钻探出的井下发现了水泥。真正的水泥！和在埃塞俄比亚修水库时挖出的那块一模一样！甚至上面都嵌了同样的植物化石。

　　"火星人帮助了地球。"听到这消息，我颓然地说。

　　"不！是地球人征服了火星。50万年前。"加诺却坚定地说。

　　我双眸放光，与加诺击掌："地球人和火星人，原本是一家嘛！"

　　"当然！"加诺开怀大笑，"不必将改造生活的希望寄托于外来力量，改变世界得靠我们自己！"

玛尔斯的殉职使唐棠处于极度悲哀之中，她几乎想要绝食而死。柏松不得不要求提前结束她的工作。唐棠离开的时候什么都没有说，只给我们留下了一包花种。

　　查尔尼的休眠器终于打开了，幸而他还好好地睡着，这让悲痛的察俄霍尼多少获得了一些安慰。查尔尼还要到火星来，他真有过人的勇气。

　　我却要走了，我的实习期满，不得不离开了。9号站的一切都那么熟悉、那么亲切，我的内心深处荡漾着对它的无限依恋和眷顾。长兄似的柏松给了我非常好的评语，但不论什么样的评语都不及他的一个拥抱珍贵。

　　李兴荣在温室中，他指向一枝将要开放的花，让我看。"这是唐棠留下的种子。"他说，"如果你见到她，告诉她火星很美，火星上有花了。"

　　"你们不打算离开吗？"我问。

　　"不！我们都离不开这里了。而且9号站不久就将扩建。"李兴荣环顾四周，充满豪情，"欢迎你再来！"

　　我离开9号站的时候，正是日出之际，天空中流光溢彩，晨光四射，考察站笼罩于一片红霞中。柏松、李兴荣和加诺三个人站在考察站的观察窗前，向我挥手作别。

　　我再次想起柏松的话："在火星的荒原上散步时，仰望天上莹白的地球，便感到个人的渺小。只有投身到一项伟大的事业中去，与整个人类的命运共同呼吸，才能重新评价自己，明白生命的意义。"

就以这段话作为我实习报告的结束语吧！

实习生　闻详

后记

两年后，月球第4基地。装载第一批轰炸火星的核弹的大型运输飞船即将起航，随行的还有一批各行各业的科学家。

闻详穿戴整齐，走出电梯。走廊上认识他的人纷纷祝他一路顺风。闻详走到机库口，被船长叫住："这是将和你一同前往火星的科学家们，来，认识一下。这是闻详，飞船驾驶员。"

闻详友好地向人群伸出手。

"你好！"一个熟悉又亲切的声音，一张清秀的笑脸。

"唐棠！是你！"

"是我。"唐棠还是那么苗条和美丽，她握紧闻详的手，"怎么，你不做记者了吗？"

"不。我本来就是宇航员。"

"那太好了，我们又可以一起去火星了！"

闻详激动得一句话也说不出。

那颗火红的星球映照在唐棠的笑容中，红得灿烂而夺目，像一团熊熊燃烧的火。

凌晨，当代知名科普与科幻小说作家，已发表科幻小说百万余字。主要作品有长篇小说《鬼的影子猫捉到》《月球背面》《神山天机》《幻岛激流》，中篇小说《深渊跨过是苍穹》《睡豚，醒来》《黑暗隧道》，短篇小说集《天隼》《提线木偶》等。作品多次获得中国科幻银河奖，其中《信使》《猫》《潜入贵阳》分别获得1995年、1998年、2004年中国科幻银河奖；《太阳火》获得2016年中国科幻星云奖；《爸爸的秘密》获得2020年少儿科幻星云奖短篇小说金奖。著名科幻作家刘慈欣曾这样评价她的作品："表面上波澜不惊，却常常暗流汹涌，善于将宏大的时代设置与普通人的情感生活融合在一起。在她的笔下，人物是真实生活在科幻的背景中，我们甚至能够感受到他的呼吸。"

　　《火星实习报告》的主题涉及星际航行、宇宙开发、火星探索等，作家以实习报告的形式讲述杂志实习生闻详在9号火星考察站的一段难忘经历。故事中有对人类为实现飞天梦想而奋斗的描写，有对火星野外科考的艰辛历程的详述，有对打动人心的美好情感的表达，有对人的孤独、渺小和伟大等各个面向的完整呈现……作家将科幻元素和细微的生活情节完美地结合在了一起，使故事充满人性的温度和哲思性的启示。宏大的场景只是小说的外衣，故事是核心，而人类对于探索宇宙的努力和不懈奋斗的精神才是灵魂。就像柏松站长所说的那样："只有投身到一项伟大的事业中去，与整个人类的命运共同呼吸，才能重新评价自己，明白生命的意义。"也许在并不遥远的未来，我们会真的进入大宇宙时代，建立月球基地和太空城，登陆火星，开发宇宙，创造一种全新的、更加深厚璀璨的人类文明。

奇人怪想

叶永烈

谁的脚印

故事得从10年前一条轰动世界的新闻说起。

那一年，国际火山研究所的科学家们预言：多年没有喷发过的阿里阿斯火山，将在7月8日上午9点爆发。

阿里阿斯火山位于太平洋上的一个小岛——阿里阿斯岛。这个岛上只住着百来户渔民和农民，他们听从科学家的劝告，在预测的火山喷发日前一周陆续离开了阿里阿斯岛。

科学家们真可称得上料事如神。果真，7月8日上午9点10分，阿里阿斯火山口突然喷出了黑褐色的浓烟，那烟柱直插碧空，高达3000多米！

紧接着，从火山口的裂罅中涌出了火红色的熔岩。那熔岩在小岛上奔突，纵横驰骋，吞噬了小屋，吞噬了田野，吞噬了树木。

到处是火，火，火；到处是烟，烟，烟。

火山的爆发还使周围的海水剧烈地震动起来，翻滚起来，掀起狂涛恶浪。

入夜了，小岛上一片火红。熔岩还在那里不断奔腾。前面的熔岩凝固了，后面的又涌了上来，覆盖在上面。

一个月之后，国际火山研究所的科学家们宣布，阿里阿斯岛已经太平无事，居民可以重返故土了。科学家们说，阿里阿斯火山的下一次喷发，要在170年以后。

居民都很相信科学家的话——他们既然能如此准确地预言这次火山爆发的时间，自然也一定能很准确地预言下一次火山爆发的时间。

居民们踏上小岛，发现小岛已面目全非，到处弥漫着热气和刺鼻的硫黄味。尽管连天下雨，但是岛上的热气依旧未消。房屋有的只剩下了几根焦黑的木柱，有的连影子都不见了。青草不见了，树木不见了，飞鸟也不见了。

国际火山研究所的几位科学家跟随居民一起来到阿里阿斯岛，调查这次火山爆发后的情况。

科学家们穿着用玻璃纤维织成的防火衣、防火鞋，头戴透明的钢化玻璃面罩，朝着火山口走去。他们越走越热，汗流浃背。尽管火山爆发已经过去一个多月了，可脚下的土地依旧滚烫。

他们实在无法走到火山口，只好半途而返。

就在他们准备往回走的时候，突然发现了奇迹——地上，留着巨大的脚印！这脚印是长方形的，五个脚趾也是长方形的。每只脚印约有写字台的桌面那么大！看这脚印的方向，是朝火山口走去的。

这是什么脚印？如果说是人的脚印，那即使身高3米的人，也不会有这么大的脚；如果说是动物的脚印，看那脚印的形状分明又像人的，何况即使是动物，也没有这么大的脚印。

科学家们想沿着脚印追踪，然而实在热不可耐，他们只得回到山脚下。

过了几天，科学家们调来了一架直升机。他们坐着直升机低空飞行，沿着脚印追踪。哟，那脚印竟然一直走到火山口！

后来呢？脚印又在火山口盘旋，然后朝海边走去，最后消失了——脚印被厚厚的火山灰掩盖了。

"在阿里阿斯火山口发现巨人脚印！"这条新闻立即轰动了全世界。

人们七嘴八舌，猜测这奇特的脚印有什么奥秘。

有人说："这是宇宙人的脚印！大概是阿里阿斯火山爆发引起了其他星球上的宇宙人的注意，他们驾驶宇宙飞船来到小岛上考察。"

马上有人反驳："在阿里阿斯火山爆发的那些日子里，阿里阿斯岛的上空不仅没出现过宇宙飞船或飞机，就连鸟儿也没有。鸟儿都不敢靠近那儿！"

又有人说："这是野人的脚印！在阿里阿斯岛上，可能有野人、猩猩或猿，他（它）们见到火山爆发，很惊奇，想跑到火山口看看。"

这种说法也立即遭到了反对："阿里阿斯岛只有十几平方千米，那里世世代代的居民从没看到过什么野人、猩猩或猿。即使有的话，根据现在脚印的尺寸，他（它）们起码有十几米高，这怎么可能呢？"

还有人说："这是火山人的脚印！火山人是一种生活在火山中的特殊的人。当火山爆发时，他们从地下钻出来，到外面散步，然后又钻入地下。"

这种说法遭到群起而攻之："不值一驳！"

就这样，那奇特的巨大脚印成了一个不解之谜。

怪事连篇

阿里阿斯岛上的脚印之谜还没有弄清楚，这年冬天，在南极洲那白茫茫的冰原上，又出现了轰动世界的奇闻。

南极洲是一个诱人的科学迷宫。这里风景奇特，到处是巨大的冰川和尖峭的冰块。这里的动物——企鹅、海豹、贼鸥，都格外引人喜爱。这里的海中生活着美味的磷虾和南极鳕鱼。

当南半球的夏季来临时，来自几十个国家的上千名科学家就群集这里，探索南极的奥秘——南极的气候、磁场、动物、岩层、冰湖、矿藏……然而，冬季来临，这里则成了世界上人口最稀少的地方。南极的冬季昼短夜长，甚至还有整日整宿都是黑夜的极夜情况。除了几十个在这里值"夜班"的科学家，考察队都纷纷撤走了。

冬季，暴风雪不断袭击这里，气温下降到零下70多摄氏度。值班的科学家只能躲在科学考察站内过冬，没有人敢在这时候向南极深处进发。

然而，科学家们居然在科学考察站附近发现了陌生的脚印：这些脚印大得出奇，是长方形的，朝着南极腹地走去！

在闪光灯的帮助下，科学家们拍下了这些奇特的大脚印。他们还巧妙地"带走"了脚印：他们往脚印里倒水，水一倒进去，立即被冻成了硬邦邦的冰。科学家们从脚印里取出整个冰块，用雪橇把它运回科学考察站。

科学家们用尺子仔细量了这只脚印的大小：长103.5厘米，宽37.1厘米。奇怪的是，根据观察，这只踩出大脚印的巨足，脚底板上似乎长着许多长长的刺刀般的东西，看上去像跑鞋鞋底的长钉。

这只大冰脚印的照片在报纸上刊登了之后，人们马上联想起阿里阿斯岛上那些奇怪的脚印。

对比发现，这两处大脚印的形状、大小完全一样，只是人们能从南极的脚印上观察到脚底长了许多长刺。

凡事有一总有二，有二总有三。

次年5月，在世界上最大的沙漠——非洲北部的撒哈拉大沙漠上，又发生了一件怪事。

撒哈拉大沙漠纵横千里，一片黄沙，又干又热，人称

"不毛之地"。那儿可真是一个没有鲜花，没有人迹，连鸟儿也不愿飞过的地方，还有许多地方甚至没有被人类踏足！不过，撒哈拉大沙漠也有许多美好的神话传说。据传，沙漠深处有许多闪闪发亮的大金刚石，有无数的宝藏。许多人在"沙漠之舟"——骆驼的帮助下，向撒哈拉大沙漠进军，可是谁都没能深入沙漠的中心。

5月，撒哈拉大沙漠被炎热的太阳照着。狂风呼啸，卷起弥天黄沙。这干热的风，被称为"五旬风"。当"五旬风"大作的时候，撒哈拉大沙漠中更是人迹稀少。

然而，当一架直升机飞过撒哈拉大沙漠腹地上空时，发现沙丘上有一行很明显的大脚印。直升机里坐着埃及《开罗日报》的记者，他请直升机驾驶员在此处稍做停留。

驾驶员慢慢降低了直升机的飞行高度，然后打开舱门，放下软梯。记者沿着软梯爬下，来到那大脚印跟前。

哟，这大脚印也是长方形的，长着五个长方形的脚趾。至于脚底板上有没有长刺，倒看不出来——即使有刺，那凹坑也早就被沙填满了。记者为大脚印拍了几张照片，又躺在脚印旁边与它拍了一张"合影"。那大脚印有他大半个身体那么大！

这几张照片在《开罗日报》上刊登后，又轰动了世界。不难看出，撒哈拉大沙漠上的奇特大脚印跟南极和阿里阿斯火山口的大脚印是一样的。

是什么怪物一会儿来到阿里阿斯岛滚烫的火山口，一会儿出现在南极寒冷的冰原上,一会儿又漫步在撒哈拉大沙漠干热的沙丘上?

这下子,各国科学家都加入了这场激烈的争论。

令人感到奇怪的是,那奇特的大脚印从此再也没有在其他地方出现了。

随着时间的流逝,大脚印渐渐被人们淡忘了,关于它的争论也慢慢平息下来。

椅下有"耳"

距离大脚印第一次出现,已经整整过去了10年。

想不到,一桩发生在中国滨海市西郊的一座小别墅里的窃听案,又让人们记起了那奇特的大脚印。

事情发生在"霜叶红于二月花"的秋天。滨海市西郊的西山风景如画,枫叶如火。这里是著名的疗养区,有许多别墅式的小楼房。这里行人不多,十分安静。"1011"会议就在山顶上一座孤零零的别墅里召开。

"1011"会议是重要的国防科学会议。为了保密,这类会议一般是用会议召开的日期命名的。所谓"1011"会议,也就是在10月11日召开的会议。参加会议的人不多,只有十来个,来自全国各地,是"07"国防工程的主要科学家。"1011"会议准备开三天,与会人员分住在小别墅的不同房间。这座小别墅四周有很高的围墙,进出只有一个门。一些重要的小型会议偶尔也会在这里召开。

会议刚开一天，公安部门就获悉，奥斯罗间谍机构已经知道了当天"1011"会议的内容。奥斯罗间谍机构隶属奥斯罗财团，专门刺探各国的军事情报、科学情报，以便把最新的科学技术迅速应用到奥斯罗财团的工厂生产中去，使财团从中牟利。奥斯罗间谍机构训练了一大批间谍，这些间谍不同于一般的间谍，他们自称"科学间谍"。他们通过现代化技术窃取各国科学情报，手段多种多样，比一般间谍高明得多。

10月12日清晨，一辆黑色的宝石花牌小轿车出现在小别墅门口。滨海市公安局的侦缉人员金明和他的助手戈亮从车里走出来，他们都穿着便衣。

金明对这座小别墅可以说是十分熟悉。门口的警卫放行后，金明沿着那铺着红地毯的楼梯直奔三楼会议室——会议是在这里召开的，问题很可能出在这个房间里。

但金明和戈亮没有立即进入会议室，而是站在门口，用敏锐的目光扫视了整个会议室：天花板上垂挂着大吊灯；窗户都是双层的，玻璃窗开着，纱窗关着；会议室正中是一张长方形的大桌子，四周放着四张双人沙发、四张单人沙发；地板打过蜡。

接着，金明和戈亮从手提包里拿出了一个小方盒和一些配件。金明拉出小方盒上的天线，戴上耳机，一边转动小方盒上的调频旋钮，一边侧耳细听。这小方盒是一个电子探测器，金明调试好后，戈亮把电子探测器细长的探头伸向各个角落。

　　金明和戈亮不同于一般的公安侦缉人员，他们擅长用现代化的科学技术侦破各种疑案、悬案。奥斯罗间谍机构用现代化的科学技术作为间谍行动的手段，而金明和戈亮则以现代化的科学技术作为反间谍工作的手段，破坏他们的阴谋诡计。

　　此时，戈亮把皮鞋脱掉，穿着尼龙袜在打过蜡的地板上小心翼翼地走着，尽量不发出任何声响，把细长的探头伸向吊灯、方桌和茶几的下面，还有沙发背后。这位彪形大汉一下子变得像绣花姑娘一样细心。好一会儿，金明都一言不发，只是用不断的摇头表示没有发现异常。

　　当戈亮把探头伸向正前方的那张单人沙发（一般来说，会议的主持人总是坐在这张沙发上）的背面时，金明从耳机里听到了轻微的噼啪声！金明兴奋地连连点头。戈亮慢慢地移动探头，发现探头接近沙发的左前脚时，噼啪声最响。

　　金明也把皮鞋脱去，轻轻走到沙发跟前——沙发的左前脚装有窃听器！

　　金明从衣袋里摸出一面小方镜，把小方镜慢慢移近沙发的左前脚。果不其然，在左前脚朝里的一面，粘着一个只有图钉那么大的暗褐色的东西。如果不仔细看，还以为是木头上的节疤呢。金明一看就明白，这是一个微型窃听发射机，它还在那里工作呢！

　　这种微型窃听发射机就是奥斯罗间谍机构常用的间谍工具。它的设计运用了现代化的电子技术，小巧且灵敏度高，能够窃听100米以内的轻微谈话声，并能把窃听到的声音用电波发射出去。它实际上就是窃听者安在会议室里的一只"耳朵"！

不要惊动

尽管金明发现了那只沙发脚上的"耳朵"，可是他对戈亮摇了摇手。戈亮马上明白了：不要惊动它！

金明轻轻趴下，从衣袋里掏出一个只有橄榄那么大的微型手电筒。顿时，一道雪亮的光照射到沙发底下。

金明屏着呼吸，观察沙发底下。沙发底下干干净净，一尘不染。蓦地，当金明把微型手电筒换了个角度，从侧面照射的时候，他发现了异样：沙发下打过蜡的地板上，浅浅地留着两行脚印！

金明屡破疑案，不知查看过多少脚印，却从来没有见到过如此奇特的脚印：脚印的脚掌部分是长方形的，五个脚趾也是长方形的，而每只脚印都只有一粒绿豆那么大！

金明被人们誉为"博士警察"，他是一个知识渊博且细心的人。他认为，一个公安侦缉人员，应当既是专家，又是杂家。广博的知识使他在破案时思路宽广，能从多个方面加以思考。金明一看到那奇特的小脚印，马上联想起10年前轰动世界的新闻——那在阿里阿斯火山口、南极冰原和撒哈拉大沙漠上都出现过的大脚印。

这小脚印跟大脚印的形状相似，只是大小悬殊。

戈亮拿出照相机，想把奇特的小脚印拍下来。金明连连摇手，因为拍照时的咔嚓声，会惊动那只沙发下的"耳朵"！

这奇特的小脚印究竟是怎么回事呢？如果这小脚印是人的脚印的话，那按照比例，这个人只能有火柴杆那么高！这样的人，不仅比世界上最矮小的人小得多，甚至比小老鼠还小！

金明沿着脚印追索，发现这脚印先是朝沙发的前左脚走来，安装好窃听器之后，又按原来的路线走回去，走到沙发靠墙处就不见了。在脚印消失的地方，还有好几个更细小的脚印。这些脚印似乎是一种六只脚的动物留下来的，每只脚印只有芝麻粒那么大，每只脚只有三个脚趾，这三个脚趾呈三叉状分开。

金明看了一下手表——已经7点30分了，离开会只有半个小时。时间不允许他们进行更多的侦查和思考，因为半小时之后，科学家们便要到这个会议室里，继续开会。

金明和戈亮悄然退出会议室。他们带着电子探测器来到一楼会议室，对这里以及附近的树木、走廊和厕所进行了仔细探测。在确认没有窃听器之后，金明凑到戈亮耳边，悄声地对他如此这般地吩咐。

戈亮连连点头，十分赞同金明的意见。金明又找"1011"会议的召集人进行商议，他们也欣然同意了。

7点50分，金明走进三楼会议室，开始收拾那里的茶杯，屋内不时发出杯子与杯盖的碰击声。

7点55分，三楼会议室的门被推开了，戈亮出现在门口。

戈亮对金明说："服务员，快开会了，怎么这儿没人？"

金明说："你不知道？换地方啦！"

戈亮问："换到哪儿啦？"

金明答："在一楼会议室开会。因为今天增加了好几位新的代表，这儿坐不下，就改在一楼开会了。"

戈亮问："你拿杯子下去？"

金明说："嗯。"

戈亮说："我帮你拿几个吧。"

金明说："谢谢。"

说着，两人拿着好几个杯子，"噔噔噔"下楼去了。

金明和戈亮讲话给谁听呢？

嘿，讲给沙发下的"耳朵"听！

离开三楼会议室时，金明抬头看了一下门上的气窗。这时气窗敞开着，外面未加纱窗。

忙里偷闲

金明和戈亮来到一楼会议室时，是7点57分。科学家们非常遵守时间，正一个个朝会议室走去。

金明把戈亮留在一楼会议室，并让戈亮在会议室里打开了电子探测器，以便在开会过程中随时探测有没有窃听器在工作，防止泄密。

另外，金明还打电话给滨海市公安局，叫他的另一个助手张正立即带着电子搜索器赶来，以便对附近进行搜索，查出用接收机接收来自窃听器电波的间谍。

金明是一个头脑异常冷静、遇事不急不慌的人。尽管在别人看来，形势正越来越紧张，他却泰然自若，甚至忙里偷闲，信步踱到附近的西山俱乐部，在阅览室里看起闲书。

金明看的是什么书呢？他翻开了英国著名作家乔纳森·斯威夫特的讽刺小说《格列佛游记》，正看得津津有味。

早在念小学的时候，金明就看过这本书，如今重读，他依然感到趣味盎然。

第一卷《利立浦特游记》描写了格列佛游历小人国的情景。有一次，格列佛躺在草地上睡着了，醒来时，"只觉得有个活的东西在我的左腿上蠕动，越过我的胸脯，慢慢地走上前来，几乎来到我的下颌前了。我尽可能用眼睛朝下望，发现原来竟是一个身高不到15厘米、手拿弓箭、背负箭袋的活人。同时，我觉得至少还有40个和他一模一样的人（我猜想）跟在他的后面……"格列佛还讲到了这样的细节："皇帝下令给我准备一张床。他们用车子运来了600张普通尺寸的床，就在我的房子里安置起来。他们将150张小床缝在一块，做成一张长宽合适的床，其余的也照样缝好，然后把四层叠在一起。但是我睡在上面也不见得比睡在平滑的石板地上好到哪里去……"

金明看着看着，不由自主地笑了起来。紧接着，金明看起了第二卷《布罗卜丁奈格游记》。

在这一卷里，格列佛漫游了更为奇特的大人国。格列佛看见海里有一个巨人，"海水还够不到他的膝盖"！大人国的巨人们"一个耳光能把一队欧洲骑兵打倒"，叫喊起来像在"打雷"，"胡苴比野猪鬃还要硬10倍"。巨人国的草"大约有6米高"，而猫"大概有3头公牛那么大！"

金明看着看着，想起那些大小悬殊的奇特的长方形脚印。他心想：会不会是斯威夫特笔下的大人国和小人国真的出现在世界上了？

直到中午11点多，金明才回到山上的那座别墅。这时，一楼会议室里的会议差不多要结束了。会议结束后，戈亮告诉他，一切正常，没有发现窃听器。

接着两人就开始了紧张的工作。

只花了十几分钟，金明与戈亮就在一楼会议室的四壁、天花板和地板上，安装了8台微型电视摄像机。接着，他们就退到了隔壁的一个小房间里。

在离开一楼会议室时，金明注意到，会议室门上方的气窗也开着，外面同样没有装纱窗。

瓮中捉鳖

在隔壁的小房间里，金明把一卷"纸"挂在墙上。接好电源之后，那一大张"白纸"上便出现了各种不同的画面。

167

这不是普通的纸，而是挂壁式电视屏幕。不用时，只消一卷，电视屏幕就可以收起来，携带很方便。

这张"纸"有一扇窗那么大，上面有9个画面，这叫"多画面显示"。其中一个画面很大，其余的比较小。那8台微型电视摄像机拍摄的内容，分别出现在8个小画面上。如果想仔细看某一个画面，按一下电钮，这个画面就会放大到左下角的大画面上。

中午是科学家们吃午饭和休息的时间，下午的会议会在2点开始。金明认为，上午11点半散会到下午开会前的这段时间，窃听者有可能到一楼会议室安装窃听器！

突然，电视画面中出现了一个人：一个白衣白裤、戴着白帽的人，走进了一楼会议室！

戈亮的双眼紧盯着那个穿白衣服的人。金明看了一眼，毫不在意。那是服务员小沈，她收拾好茶杯，扫好地，擦好桌子之后，就走开了。临走，她还顺手把门锁上了。

此后，一楼会议室安安静静的，屏幕上的9个画面一动也不动。

到了12点半，画面依旧毫无动静。戈亮对那单调无变化的画面有点儿厌倦了，金明却精神倍增，用锐利的目光紧紧注视着这9个画面。

猛地，一个小小的黑点引起了金明的注意。小黑点从门上方敞开的气窗飞了进来，在房间里盘旋，之后落在了从天花板垂下的吊灯上。

金明赶紧把对准吊灯的画面放大。他看清楚了，原来是一只蜻蜓。

奇迹出现了：从小蜻蜓身上，下来了一个只有火柴杆那么高的小人！这小人长着长方形的脑袋、长方形的身体、长方形的脚板、长方形的手掌，浑身银光闪闪。他走起路来非常灵活。他双手捧着一个扁圆形的东西，看上去像一个图钉帽。这个东西拿在他手中，按照比例来看，犹如一个普通的人手里拿着一顶草帽。

那小人迈着稳健的步伐，走在吊灯上。他十分聪明，并没有把那个圆东西——微型窃听器粘在乳白色的灯罩玻璃上，而是粘在了吊灯金属链条的背光面，一个不易察觉的地方。

金明看着看着，不由得想起了《格列佛游记》中的"小人国"。

那小人安装好窃听器之后，朝蜻蜓走去。此时，金明已悄悄来到门口，轻轻把那扇敞开的气窗关上了。

这下子，小人和蜻蜓成了瓮中之鳖，无法逃脱了。金明和戈亮摩拳擦掌，准备"关门打狗"，活擒小奸细。不过，金明觉得既然顽敌在握，不如让他再表演一番，看他还有什么把戏。

这时，那小人已经爬到了蜻蜓的背上。对他来说，蜻蜓仿佛是一架舒适的飞机！

小人爬上蜻蜓后，蜻蜓就起飞了。蜻蜓在会议室内盘旋了一圈，便径直朝气窗方向飞去。蜻蜓似乎没有看见气窗已被关上，一头撞在了气窗玻璃上。"啪啪"两声，那蜻蜓与小人便从画面上消失了！

戈亮见了，拔腿就朝会议室奔去，却被金明一把拉住了。他连连摇手，制止了戈亮。

经过刚才的仔细观察，金明断定，那只蜻蜓是一只遥控电子蜻蜓。三楼沙发脚上的微型窃听器也是用这种电子蜻蜓和小人偷偷安装的。在电子蜻蜓和小人身上，说不定都装有"自爆装置"，一旦发生危险，他们就会自己爆炸，消踪匿迹。

金明之所以要拉住戈亮，那是因为会议室内已经被安装了窃听器。如果这时急急忙忙地开门进去，在现场叽叽喳喳地研究，那窃听者马上就会听见，这将给反间谍工作带来困难。

如果现在急于到会议室里去，他估计，顶多能从地上找到一些电子元件的碎片。目前的关键是赶紧抓住那个遥控电子蜻蜓并进行窃听的间谍！

千钧一发

下午1点50分，会议室的门开了。服务员小沈进来，往热水瓶里灌开水。好像没有发生任何事情似的，她哗哗地灌好开水后便走开了。

科学家们像时钟一样准时，从1点57分开始陆续进入会议室。会议室门口的黑板上写了一行字："第一会议室内发现窃听器，发言请不要涉及机密。"

2点的会议开始了。科学家们像往常一样热烈地讨论着，只是不再直接谈论机密内容。金明留下了一名公安人员在会场观察，自己则带领戈亮、张正以及其他公安人员离开了小别墅。

金明是这样分析敌情的——

上午，敌人无法进行工作。因为安装了窃听器的三楼会议室没有开会，而一楼正在开会的会议室里没有窃听器，他们也没办法收集情报。正因如此，张正在上午没有发现接收电波的间谍。

于是，中午敌人放出电子蜻蜓后，金明和戈亮开始在屏幕前紧张地工作，张正则按照金明的命令，在现场紧张地搜索着那遥控电子蜻蜓的电波来自何方。

张正的年龄跟戈亮差不多，他矮墩墩的，圆脸平头，身体壮实。经过仔细搜索，他初步探明遥控电波是从1000多米外的一座山上发出的。那座山在西边，山顶上零零落落有好几座别墅式的小楼。那里是著名的风景区，来疗养、旅游的客人会借住在这些小楼里。

为了不引起敌人的注意，金明把所有公安人员分散开来，让他们装扮成散步的游客，三三两两地前往西边的山头。

张正的判断是对的。他带着一只装着电子搜索器的"空"塑料水壶走向西边的山，假装是采枫叶的游客。靠近山头，电子搜索器开始"嘟嘟"响了，而且越靠近声越响。这表明他离敌人越来越近了。

走到山顶时，电子搜索器已经明确查出，山顶最高处的一幢两层的米黄色楼房里不时有电波发出。张正断定，那是敌人一边在收听窃听器传来的声音，一边在用发报机把情报发往国外。

金明见张正拧开塑料水壶的盖子，"喝"了三口水，立刻就明白了：敌人在3号楼，也就是那幢米黄色的两层楼房。

就在这时，一只蜻蜓飞来了，在张正头顶上盘旋。张正一看，便知道是敌人出动电子蜻蜓侦察了，马上与服务员小沈手拉着手，假装一对正在谈情说爱的青年人。那电子蜻蜓盘旋了一会儿，似乎没有发现什么疑点，就飞走了。这时，张正清楚地看见，电子蜻蜓的背上坐着一个小人！电子蜻蜓在别处飞了一阵之后，飞入了3号楼一扇敞开的窗口。

就在金明、戈亮、张正和小沈接近3号楼，离那里只有七八米的时候，戈亮突然发现：3号楼门前的一丛菊花下面有一个寸把高的小人正在窥视他们！

戈亮心里一急，伸出他那双大手，想把这小人逮住。谁知他的手刚一碰到小人，就"啪"地一响——小人已经粉身碎骨，戈亮的右手中指也被炸出了鲜血。

显然，他们已经暴露了，形势千钧一发！

负隅顽抗

就在这时，金明当机立断，按亮了手中的小方盒。小方盒亮起了小红灯，全体公安战士都朝3号楼疾跑。

金明第一个冲上了二楼。他飞起一脚，踢开了房门，只见一个秃头的矮老头惊恐地坐在那里。他戴着耳机，面前是多画面的挂壁式电视屏幕。他的右手手指正按在一个电钮上。金明刚进屋，便听见鞭炮声一般的"噼里啪啦"声。

说时迟，那时快，金明用激光手枪朝矮老头的右手开了一枪。只见一道亮光一闪，矮老头的右手离开了电钮，噼里啪啦的声音也马上停了下来。

紧接着，矮老头的左手动了，抓向自己的衬衫领子，金明又用激光手枪朝他的左手开了一枪。矮老头不得不把左手放了下来。

突然，矮老头低吼一声，起身朝敞开的窗口跑去。金明眼疾手快，一把抓住矮老头的肩膀，把他拉住了。

矮老头的"三板斧"都用完了，他没办法，只得束手就擒。戈亮和张正给矮老头戴上了手铐，并一把扯下了他的衬衫领子——衬衫领子的尖角里装着一小瓶毒药。矮老头刚才打算把衬衫领子往嘴里塞，就是想咬碎玻璃瓶，服毒自杀。

这矮老头是个老狐狸，非常狡猾。他用电子蜻蜓在3号楼的附近巡逻，还让小人躲在一楼门口的菊花丛中放哨。他用右手按那电钮，为的是使所有的电子蜻蜓和小人都爆炸，以便销毁罪证。

幸好，金明早就预先布置好了"锦囊妙计"。他按亮小方盒上的小红灯，这是在发出紧急信号，让全队向3号楼发

起总攻。这紧急信号立即传到了小别墅的一楼会议室。金明事先与在那里留守的公安人员约定好，一旦发来紧急信号，那位公安人员就在一楼会议室里反复大喊"吊灯上有窃听器"。这样一来，敌人的注意力马上就会被吸引到这件事情上，方便公安人员趁机迅速向敌人发起进攻。当金明出现在矮老头面前时，矮老头才反应过来是怎么回事儿。

尽管这矮老头被戴上了手铐，可依旧顽抗。他大叫大嚷道："我是来旅游的，来观光的，你们有什么权力拘捕我？我抗议！我抗议！"

金明二话没说，拿出矮老头房间里的录音磁带，放给他听。录音机里传出了"1011"会议的发言声。矮老头涨红了脸，无话可说，光亮的秃头上冒出了豆大的汗珠。他已经明白了自己的处境。

这时，金明看了一下手腕上的电子手表，正好是下午3点整。从清晨到达西山，到抓住矮老头为止，整个破案过程只花了10个小时。

奇人受骗

矮老头被带到了滨海市公安局，金明反复说明政策后，矮老头才下了决心，来了个"竹筒倒豆子"，坦白了自己的罪行和作案手段。

矮老头不是中国人，但由于会讲汉语，被奥斯罗财团的间谍机构看中，当上了间谍。这次，他是以电子木偶剧团导演的身份来到中国，进行间谍活动的。

在交代作案手段时，矮老头没说什么话，而是使出他的全部本事，进行了一次间谍技术表演。

之前金明及时地朝矮老头的右手打了一枪，他的手离开了电钮，电子蜻蜓与小人没有全部自爆。矮老头大约带了500个小人、10只电子蜻蜓来到中国。他说自己是电子木偶剧团的导演，这些小人与电子蜻蜓是他演电子木偶剧的道具，便顺利瞒过了海关的检查。

那小人叫作"微型遥控机器人"。这种机器人跟一般的机器人有两点不同：一是个子特别小，二是用无线电进行遥控。

每一个小人脸上，都安装了一个微型电视摄像机。小人出去后见到的景象，矮老头可以从电视屏幕上看到。这样，矮老头就可以同时遥控许多微型机器人了。

矮老头进行了表演。他不断拨动控制器上的开关，小人就时而走路，时而跑步，时而卧倒，时而仰躺。

这时，金明清楚地看到，小人留下的脚印是长方形的，只有绿豆那么大！

最后，在金明的追问下，矮老头被迫交代了这些微型遥控机器人的来历。

他的交代，也是从10年前那三条轰动世界的新闻说起。

当时，那三条新闻一发布就引起了奥斯罗间谍机构的注意。这个间谍机构为了了解世界各国的最新科学动态，订阅了大量的科学报刊，还用电子计算机对这些科学资料进行分类、贮存、分析。很快，电子计算机就查出，一个署名"格列佛"的人连续在三本不同的杂志上发表了三篇论文：一篇是关于阿里阿斯火山爆发的考察报告，一篇是关于南极冬季生态的考察报告，一篇是关于撒哈拉大沙漠"五旬风"的报告。这三个都是人类无法深入探索的地方，因此过去无人写过如此精彩、富有学术价值的报告。

奥斯罗间谍机构立即断定，那三条新闻肯定与这位"格列佛"有关。为了弄清楚"格列佛"是什么人，奥斯罗间谍机构绞尽了脑汁。"格列佛"很可能是一个笔名，如果直接写信打听"格列佛"是何许人也，肯定会遭到杂志编辑部的拒绝，毕竟每一个杂志编辑部都有为署笔名的作者保密的责任。奥斯罗间谍机构给三个杂志编辑部分别写了一封态度很诚恳的信，谈了一大堆读了"格列佛"的大作如何感动之类的话，然后表示有问题要向"格列佛"请教，希望编辑部告知"格列佛"先生的通信地址。

这三个杂志编辑部有两个没有答复，但有一家的编辑上了当，复信说"格列佛"是威尔斯教授的笔名。

这下子，奥斯罗间谍机构如获至宝，很快就查出威尔斯教授是何许人也。

威尔斯教授的绰号叫"奇人"。他从小就爱读各种各样的游记，其中最喜欢的就是《格列佛游记》和《哥伦布传》。他无比喜爱斯威夫特笔下的大人国，深深敬佩哥伦布那种勇敢的冒险精神。这位"奇人"自幼沉醉于各种"怪想"：自己忽然变成了巨人，像哥伦布一样去征服海洋，征服沙漠，征服一切人类未到过的地方。

长大以后，威尔斯成了电子学教授。他秘密地制成了"巨型遥控机器人"。这种机器人有十几米高，一只脚便有写字台的桌面那么大。这种巨型机器人可以在海底散步，也可以在海中游泳。

威尔斯教授的巨型机器人平时隐藏在海底。在阿里阿斯火山爆发时，威尔斯教授遥控巨型机器人从海里登上了阿里阿斯岛。巨型机器人的脚是用耐高温金属做的，所以不怕火山熔岩。它在火山口好好考察了一番，之后又溜到海底躲藏起来。

后来，威尔斯教授又遥控他的巨型机器人考察了南极和撒哈拉大沙漠，获得了许多极为珍贵的科学资料。

奥斯罗间谍机构的间谍找到了威尔斯教授之后，便秘密地绑架了他。间谍们认为，那巨型机器人招摇过市，目标太大（威尔斯教授在考察时，总是让"巨人"在夜间出没），对间谍工作毫无用处。间谍们想，如果用同样的原理，制成"微型遥控机器人"，那在间谍工作中简直妙用无穷！

可是，间谍们也深知威尔斯教授的脾气，如果跟他讲明制造微型机器人的目的，他肯定不干。于是，间谍们花言巧语，对威尔斯教授说，如果能制成微型机器人，就可以让它们跑到人的肚子里做手术，这样就再也用不着划开人的肚皮，可以大大减轻病人的痛苦。

威尔斯教授是一个心地善良且单纯的科学家。他听信了间谍们编造的谎言，竟然真的制成了微型机器人。

自此，奥斯罗间谍机构的间谍们用微型机器人"神不知鬼不觉"地盗取了许多国家的科学情报。这一次，他们撞在了金明的手中，在金明那敏锐的目光下露出了破绽。

矮老头交代了这些罪行后，金明问道："威尔斯教授现在怎么样？"

矮老头答道："他还蒙在鼓里，还在起劲儿地制造更小的机器人。他做梦的时候也在说'小点儿，小点儿，再小点儿，太大了，病人吞下去的时候喉咙会疼的！'"

金明听了，喟叹万分。半晌，他才说了这样两句话："多么纯朴可爱的科学家！多么卑鄙可恨的间谍！"

关于作者和作品

本作品发表于1980年，是一篇以"侦破敌特阴谋"为主题的典型惊险科幻小说。作者叶永烈是中国八十年代科幻热潮中的领军人物，创作了大量科幻小说的同时，还编选了《中国惊险科学幻想小说选》，收录了大量"既有极为惊险的情节，又有大胆奇特的科学幻想"的优秀科幻作品，为青少年读者所喜爱。

《奇人怪想》以三条奇特的新闻为开端，以相同形状但大小差异巨大的"脚印"为线索，为后来侦破间谍阴谋做足了悬疑铺垫。故事的主角是叶永烈这一系列短篇中最为活跃的、有着"中国福尔摩斯"之称的神探金明，他发现敌人的窃听手段并成功逮捕间谍的情节异常惊险，是整篇故事紧张、精彩的高潮部分。故事后半段出现的"挂壁式电视屏幕""无线电遥控微型机器人"，即使在现在看来，都极具科技前瞻性。

在时间的铅幕后面

童恩正

1988年10月5日，中国四川兴汉县七星岗。

位于邛崃山脉东部的七星岗，原来是一座远离城市的荒凉的小山岗，草木丛生，人迹罕至。可是今天，这里却聚集了一大群科学家和文物部门的行政官员。在山岗的顶部，一个5米见方的探坑已经挖到了3米的深度。几座帐篷搭在离探坑不远的地方，帐篷里放了几台精密的仪器。仪表板上红绿指示灯在闪烁，打印机不停地向外吐着印有一行行数字的资料。

"20厘米以下有异物。""地磁异常。""土壤电阻异常。"所有探测结果都送到了守候在探坑边上的欧阳去非手上。

欧阳去非，这个近年来声名鹊起、蜚声中外的考古学家，今年才35岁。他的身材很高，体格匀称，筋肉强健，浓眉薄唇，充满男性的刚毅之气。

今天是欧阳去非生命中的一个重要日子。在七星岗上对古代蜀国蚕丛王的宝藏坑进行考古挖掘，是完全根据他的建议进行的。现在，这个谜底快揭晓了。

几个技工在坑底继续挖掘。现在谁都可以看到土壤的颜色由黄色变成了棕色，质地开始疏松，夹杂着一些碎陶片和炭屑。这意味着在很久以前，有人曾经在这里挖掘过深坑，再将地表的土填了回去。

欧阳去非的心狂跳起来，他的推测是正确的吗？半个世纪以来一直为世人所追求的蚕丛王的宝藏，真的就埋在这薄薄的土层下面吗？现在答案就要揭晓，他反而紧张得难以抑制自己。

围在探坑边上的人群也都看到了这一变化。他们都是内行，这么多双敏锐的眼睛都捕捉到了同一个信息——一个震惊世界的发现也许即将揭开帷幕。

欧阳去非取过一柄轻巧的工兵铲，小心翼翼地刮去坑底的浮土。他先看到了土壤中沾染的绿色铜锈，然后又看到了一件铜器的一角。他屏住呼吸，开始清除铜器周围的积土。从这一瞬间开始，一切焦虑、疲乏和整个外部世界在他的头脑中已经不再存在。他迅速安排了人力，扩大探坑的范围，并且连夜工作。第二天傍晚，一件件旷世奇珍逐渐暴露在人们惊愕的目光之下。这里面有二十多件真人大小的青铜铸造的人头像，它们表情各异，发式不一；有五六件高达90厘米、宽1.2米的巨型青铜面具；有两件高达3米的青铜神树，

树干上盘着一条龙，枝叶上悬着各种奇鸟异兽；有一根长1.4米的黄金权杖，顶端装饰着青铜的鸟头；还有大量的金砖、金箔、宝石，数不清的象牙……

而这一切，都是中国考古学历史上从未发现过的新奇文物。

当晚，从地方到中央都知道了这一惊人的消息。于是武装警察迅速前往现场保护，有关专家从全国各地赶来，各种测试工作加紧进行。

对宝藏坑所含的有机物标本的放射性碳素测定和对陶片的热释光测定都证明，这批文物所属的时代大约是公元前12世纪，相当于商代末期，确实与历史记载中蚕丛王活动的时代一致。

三个月以后，有关部门在北京向中外记者举行了一次新闻发布会，会议主持人宣读了一项新闻公报，公报最后是这样结束的："四川兴汉县宝藏坑的发现，揭示古代蜀国曾拥有高度发达的文明，证明川西是古代中国的另一文化中心。宝藏坑所在的位置，是由青年考古学家欧阳去非所确定的。根据他的推测，这仅仅是蜀国的蚕丛王埋宝的七个坑之一。除了1935年当地农民无意中发现的一个装满了玉器的坑和这次挖掘的一个坑，估计还有另外五个宝藏坑，其位置都将由欧阳去非精确测定，而后中国文物部门将在适当的时候加以挖掘。这批已经出土的文物和将要出土的文物在科学和艺术上的价值是无可估量的。"新闻发布会结束以后，所有人都围到了欧阳去非的身旁，向他表示祝贺。然而，在长达两年之久的艰苦奋斗以后，在这成功和荣誉的巅峰上，欧阳去非对周围的一切似乎都视而不见，听而不闻了。他的心已经飞向了那遥远的异国，在他的眼前，又出现了一个美艳绝伦的姑娘的倩影。

他的眼中闪着晶莹的泪光，周围的人又鼓起掌来，以为他是为这热烈的场面所感动。只有他自己知道，这是他一生中最辛酸、最苦涩的眼泪。

他有一种冲动，他想告诉大家，为了替祖国保存这一处文化宝藏，他个人付出了何等惨痛的代价。

但这是一个无法讲述的故事，是一个只能长埋心底、将随着他的死亡而随风飘散的故事……

1986年8月2日下午3点，美国纽约大都会博物馆。

在演讲厅里，面对数百名兴趣盎然的听众，欧阳去非正在进行有关蜀国历史研究的报告。他那流利的英语、渊博的知识、潇洒的风度，以及自然流露的幽默感，博得了一次又一次的掌声。

一年以前，欧阳去非应位于安阿贝尔的密歇根大学人类学博物馆馆长马丁·怀特的邀请，作为访问学者来美进行研究工作。

在概括地介绍了有关蜀国的历史资料和考古资料以后，欧阳去非说："据说在商代末期，天下大旱。当时统治四川的蚕丛王为了求雨，将自己的全部宝藏分埋在兴汉县七星岗的七个坑中，作为祭天的祭品，并且将宝藏坑的位置刻在一块铜片上，以便自己的子孙在必要时启用。但是三千年来，没人找到过这些宝藏。

"1935年，附近的农民无意中在山岗上挖到了一坑玉器，有圭、璋、璧、琮等，数量有三四百件。这引起了大家的兴趣，大家都认为这个坑就是蚕丛王埋下的七个宝藏坑之一。1937年，当时，舍逊夫人的父亲，正在四川传教的菲伯斯牧师就曾经前去调查，并且发表文章，断定这是一处重要的古代遗址。1941年，美国的古董商人斯旺·杰克逊也曾经在这里挖掘过，不过听说一无所获。

"所以蚕丛王的大部分宝藏至今仍深埋在地底，等待考古学家使它重见天日。我希望在下次访问美国时，能够把这方面的新发现告诉诸位。"

演讲结束以后，舍逊夫人站起来，含笑说："我感谢欧阳先生在今天的演讲中提到了先父。的确，他在四川传教二十年，对七星岗的文化有深厚的感情。1937年他去调查时，曾经获得一块铜片，半个世纪以来，这件文物一直珍藏在我家中，作为先父在中国工作的纪念，从来没有给外人看过。现在我愿意将它送给欧阳先生，希望他将它带回中国，让七星岗出土的文物重归故里。"在热烈的掌声中，舍逊夫人双手递给欧阳去非一个扁平的紫檀木盒子。他打开一看，里面是一块长约20厘米的三角形薄铜片，看来是从另一块大铜片上折下来的一个角。尽管铜片上锈迹斑驳，但是仍然可以看出上面刻有一些图案。一个图形是中央有一只三只脚的鸟的圆圈，另一个则是大头巨耳、面目狰狞、口中含有一条蛇的神怪。在这两个图形上面，还刻有一个箭头。从铜片的锈色、图案的风格来看，欧阳去非立即断定这是一件珍贵的蜀国文物。

"谢谢您，舍逊夫人，这件礼物是中国和美国的友谊象征。"舍逊夫人笑着，带着一种长辈的慈爱拥抱了他。

演讲在这一高潮中结束了，舍逊夫人陪同欧阳去非走出演讲厅。一个衣冠楚楚的老绅士正等在门外，一看见他俩，就急步迎上来。

"先生，请允许我介绍自己，我是贾弗里博士。你的演讲真是十分精彩。欧阳先生，我有一个请求。"他说，"不知道你是不是可以让我看一下刚才舍逊夫人送你的礼物，我对蜀国文化的兴趣实在是太大了。"欧阳去非打开了木盒。贾弗里看到铜片的形状以后，突然发出一声惊呼。

出于一种本能，欧阳去非后退一步，并且关上了盒子。

"这……这真不可思议！"贾弗里惊呼，"我从不知道在纽约市内就藏着一件七星岗的文物。欧阳先生，让我再仔细看一下那上面的图案，好吗？"

这时，舍逊夫人给欧阳去非解了围："贾弗里先生，欧阳先生还要去参加一个宴会，现在时间已经不多了，你最好另外约一个时间再谈，可以吗？"

当天晚上，欧阳去非回到旅馆时已经十点半了。刚进房间，他就听见电话铃响，便拿起了听筒。

"欧阳先生，"贾弗里的声音很急促，"我想来拜访你一下，和你商量一件事，大约耽误你十分钟的时间，行吗？"

"现在？"欧阳去非不情愿地问。

"是的，假如你不介意的话。这事有点儿急。"欧阳去非想了一下，明天他要参观几处纽约名胜，和哥伦比亚大学人类学的研究生开座谈会，时间安排得十分紧凑。后天一早，他就要动身回安阿贝尔了。看来要谈事只有今晚合适。

"好，你来吧。"他在心里叹了一口气，只希望贾弗里不是一个太啰唆的人。

二十多分钟过后，贾弗里出现在欧阳去非的房间里。"欧阳先生，我是一个中国艺术品的鉴定家。我有一个委托人多年以来一直热衷于收藏蜀国的文物，我们并不知道舍逊夫人家里就藏有一件。今天下午在会上，我刚知道这件事，可是她已经把它送给你了。我今晚来，是想代表我的委托人向你提出收购这件文物的请求，他可以出很高的价钱，譬如说，二十万美元。"

欧阳去非有些不悦："贾弗里先生，今天下午你听得很清楚，这件礼物是中美友谊的象征，我不能出卖友谊。"

"这件事我们可以严格保密。"

"我有我为人处世的原则，先生。"欧阳去非严肃地说。

"既然如此，你让我再看它一眼，拍一张照片，这该可以吧？"

　　贾弗里如果刚来就提出这个要求，欧阳去非是会同意的，但是现在他对贾弗里已经产生了反感，所以他坚决地说："请原谅，先生。根据中国的文物法令规定，任何中国文物必须先在国内发表，然后才能将资料提供给国外，而这件文物的所有权现在已经属于中国了。"

　　"可是我不会把照片拿去发表，我保证！"贾弗里尖声说。

　　"我实在难以遵命，先生。"欧阳去非站起来，做出送客的姿态。

　　贾弗里只好礼貌地鞠躬，走出了房间。

1986年8月3日晚上11点，纽约查尔士街。

　　欧阳去非冒着霏霏细雨在街头散步。

　　不知不觉间，他走到了离旅馆很远的地方。这条街的两侧全是高耸入云的摩天大厦，尽管门窗都被灯光照得雪亮，但却阒无人迹。欧阳去非走到一个巷子口时，忽然听到了一个女人仿佛快要窒息的叫声："Help！Help！"接着，叫声变成了汉语："救命！救命！"他急忙冲进巷子一看，一个身材高大的黑人正扭住一个姑娘，一只蒲扇大的手掩住了她的嘴。

　　"放开她！"欧阳去非大喊一声。

　　黑人没有放手，反而拖着姑娘向巷子深处跑去。欧阳去非穷追不舍，转了两个弯，到了一栋大厦的后面。这是一处小小的停车场，三面是高墙，一面是一人多高的铁丝网。路灯昏暗，气氛阴森。

就在欧阳去非快要追上他们的时候，那黑人突然把姑娘往地上一甩，猛地回过头来，摆开了迎击的架势。

与此同时，欧阳去非听到身后有脚步声，回头一看，两个彪形大汉已经截断了他的退路。三个人一言不发，成"品"字形包围了欧阳去非。从他们轻捷的步伐、胸有成竹的冷酷态度以及高度配合的默契来看，欧阳去非突然明白，他们并非街头的市井无赖，而是受过技击训练的杀人高手。他们的目的虽然还不明确，但是自己想要全身而退显然是不可能了。

一场生死搏斗就在眼前，就在这时，一个苍老、亲切的声音在他的耳边响起："克敌之道，心宜静，气宜沉；静若处子，动如脱兔；因势利导，后发制人。"这是他幼年习武时，师父对他的谆谆教导。

欧阳去非仰天发出一声长啸，随后脚踏八卦步，上身如风摆杨柳，以毫秒之差躲过了几着险招，几个回合就把三个来犯者打得跌在地上，再也爬不起来。

等到确定周围再也没有人埋伏以后，欧阳去非才走过去，扶起一直吓得躲在一旁簌簌发抖的姑娘。

这姑娘还没有从震惊之中恢复，欧阳去非发现她长得出奇的美——身材修长，窈窕适度，瓜子脸，眼睛深而大，长长的睫毛如同黑蛾翅膀似的闪动。

"你没有受伤吧？"欧阳去非问她。

"没有。"姑娘的声音低得几乎听不到。

"他们为什么要抓你？"

"不知道。也许是抢钱，也许是……"

"你住在哪里？我送你回去吧。"

"枫林饭店。离这儿不远。"

"你不是本地人？"

"不，我是来办事的，我在底特律工作。"

"你叫什么名字？"

"梅琪。"

1986年8月4日，西北航空公司504班机上。

尽管在回到旅馆的途中再也没有发生什么意外，但是梅琪余悸未消，不愿意一个人再在纽约待下去。当她知道欧阳去非将于次日回安阿贝尔，便请求和他一起走。因为安阿贝尔是一座靠近底特律的小城，前往那里必须先飞到底特律机场。

在飞机上，梅琪将自己的经历告诉了欧阳去非。她是第二代美籍华人，父母去世很早，唯一的亲人是弟弟，现就读洛杉矶大学。为了支持弟弟的生活费和学费，梅琪没有上完大学就开始工作，在底特律一家化妆品公司当推销员。

空中小姐送饮料来了。欧阳去非将随身携带的公文包平放在膝上，放下了面前的茶几板。梅琪建议道："为什么不把公文包放到行李架上去呢？这样可以坐得更舒服一些。"

欧阳去非说："这样我放心一些。"

"这里面有贵重的东西？"

"有一件别人送我的文物。说不上贵重，但是似乎有人想得到它。"他将舍逊夫人如何捐献铜片，贾弗里当晚如何来收买的事，全告诉了梅琪。

飞机降落以后，两人乘坐穿梭巴士来到停车场，准备各自开车回家。

"你总得留个电话号码给我，让我有机会感谢你的救命之恩。"欧阳去非与梅琪说再见时，她说。

"那件事情不必再提了，"欧阳去非说，"我也希望与你保持联系，我的号码是313-747-1995。"

"我的号码是313-831-6123。"梅琪说完后，欧阳去非用笔记下。

"你连个电话号码也记不住？"梅琪噘起嘴。

"抱歉，我在记忆数字方面简直是个白痴，这也许就是我不敢学习自然科学的原因。"欧阳去非说，"何况在美国，有那么多的数字需要记忆：社会保险号码、银行二十四小时取款密码、健身房衣物柜开锁密码、电子计算机使用密码，再加上数不清的电话号码。"

"老实人！"梅琪说，"要是换一个男人，就会说，'即使我记不住自己的生日，也能记住你的电话号码'，你连句讨好姑娘的客气话也不会说。"

"以后我会登门求教的。"

"你已经变得不老实了，再见！"

"再见！"在归途中，当欧阳去非开着他那1982年的雷诺车在95号高速公路上奔驰时，他发现自己心里产生了一种从来没有体验过的感情。他已经过了而立之年，不算年轻了，但是还没有谈过恋爱。虽然以前曾有几个姑娘主动向他表示过好感，但是都被他拒绝了。但现在，他却无法把梅琪美丽的形象从头脑中驱除。他回忆这个姑娘所讲过的每一句话，重温她脸上的每一个表情。他的心中充满了温馨和幸福。

1986年8月11日，安阿贝尔欧阳去非的寓所。

一周过去了，梅琪并没有打电话来，欧阳去非对她的思念与日俱增。有好几次，他拿起了电话，想拨打那个现在他已经记熟了的号码，可是最终还是下不了决心。他生性腼腆拘谨，害怕给对方留下一个纠缠不休、邀功图报的印象。

然而这种思念是难以忍受的，他只有借工作来冲淡思念之情。

他从两个方面对那块铜片进行研究：一方面，他从整个中国南方的神话系统中广泛收集资料，力图准确解释铜片上图形的意义；另一方面，他又对三十年代到四十年代间，外国人在七星岗进行考古挖掘和调查的细节做了详细的调查。他相信这两者之间是有某种内在联系的。

中国国内的资料欧阳去非本来就很熟悉，但是他知道，近一个世纪以来，有很多宝贵的研究资料已经流失到了国外。所以他利用密歇根大学的计算机网络系统，对美国各大图书馆和博物馆的中国藏品逐一进行检索。这是一桩很繁重的工作。欧阳去非每天要在荧光屏前坐十几个小时，一直到两眼酸痛，不能分辨屏幕上的文字为止。

辛勤的劳动终于有了初步的结果。他发现在华盛顿的美国国家档案局和弗利尔美术馆都有他感兴趣的资料，于是便通过怀特馆长的协助，提出了借阅照片的申请。每天深夜，当他回到自己那陈设简陋的公寓时，孤寂的感觉就沉重地压在他的心中。他等待着一个声音，一个在他看来是世界上最甜美的声音，可电话机一直是沉默的。这天晚上，他终于听到了电话的铃声。他几乎是扑过去抓起听筒的。

"你好，我是欧阳。"

"你好，我是梅琪。"

欧阳去非闭上了眼睛，千言万语一齐涌上来，他一时说不出话来。

"喂，你为什么不说话？是不是时间太晚，我打扰到你了？"梅琪的声音中充满了犹豫。

"不是，不是，我刚回来。"欧阳去非急忙说，"你好吗？"

"我还好，你呢？"

"我一直在等你的电话！"欧阳去非笑了，一周以来，这是他第一次笑。

"如果我知道你在等，我会给你打电话的。"电话那头的人沉默了一会儿。

"你为什么也不说话了？"

"这个周末，到我家来玩玩，好吗？"梅琪轻声地说。

1986年8月15日，底特律梅琪的寓所。

梅琪的寓所在西森林街，靠近黑人区，对于一个单身姑娘来说，这里并不是理想的住所。梅琪住在一栋陈旧的住宅的二楼。欧阳去非轻轻地敲开她的房门，发现梅琪今天穿着一件红白相间的衬衣，长长的秀发用一根缎带系在脑后，薄施粉黛，越发显得光艳逼人。

"大学者光临，欢迎，欢迎！"这间房屋很小，仅仅有一间寝室和一间起居室，室内寒碜的布置也使欧阳去非感到意外。他想起梅琪讲过她要负担弟弟的学费和生活费，不由对这个善良的姑娘产生了深深的同情。

"告诉我，你是怎么学得一身武功的？过去我以为考古学家全是戴高度近视眼镜的老学究呢。"梅琪好奇地问。

于是欧阳去非将自己少年时代的遭遇告诉了她。当讲到自己父母双亡，流落他乡，九死一生，备尝艰辛时，梅琪眼中噙满了泪水。

"我们都是苦命的人。"她喃喃地说。

"梅琪，如果过去有什么不愉快的事，就忘记了吧。"欧阳去非安慰她，"现在我们两人在一起，不是一切都很好吗？"

"是的，现在一切都很好。"梅琪强作欢颜，"大学者，你的研究工作进展得怎样了？铜片的谜解开了吗？"

"有一点儿初步的设想。"

"可以告诉我吗？"

"我的初步想法是，这小铜片上的图形，实际上是一种方位标志，它是从一块大铜片上折下来的，那么那块大铜片上很可能刻有一幅地图。地图失去了方位标志自然没有意义，但是只有方位标志而没有具体的地图，也毫无用处。这究竟是一幅什么地图？是不是蚕丛王的宝藏图？贾弗里的委托人那样急于得到这块铜片，是不是因为他已经掌握了那幅地图？这一切现在我还弄不清楚。"

"你已经知道那是什么方位了吗？"

"现在还没有。古代的蜀国没有文字，他们是用神怪和自然现象的象征来表达意义的。不过当我借到全部我所需要的参考资料以后，我想我就会有所突破了。"

"如果你的推测是正确的，贾弗里的委托人正不择手段要得到那铜片，你就要注意保管好它才行。"

"这一点我已经考虑到了。我只在办公室对它进行研究，每次离开办公室都将它锁在保险柜里，保险柜的密码是我新换的，只有我一个人知道。"

"你还是小心一点儿好。我再说一遍，在美国，什么事都可能发生的。"

1986年9月8日，密歇根州熊湖之畔。

欧阳去非和梅琪在熊湖旁边的山顶上搭起了帐篷。周围是参天的古木，绿茵铺地，藤萝低垂，人迹罕至。唯一的缺点是附近没有水源，每次提水都要到湖边去。但是他们喜欢清静，所以决定待在这里。

白天，他们在湖边钓鱼，在树林中采蘑菇、浆果，在树荫下野餐，在山林中奔跑。晚上，他们裹着毛毯，仰卧在星空下，欧阳去非讲《聊斋》的故事给梅琪听。在这两天里，梅琪兴奋得就像个孩子一样。她不断地发出银铃似的笑声，不断地想出新的游戏方法。她似乎在贪婪地享受着每一分钟、每一秒钟。

有几次，欧阳去非想正式和她谈一谈今后生活的安排和工作的计划，因为他一年访问学者的期限已满，回国的日子已经不远了。但是每到这种时候，梅琪总是恳求他："回到底特律以后，我会和你商量一切的。但是在这里，让我们忘记一切！"她那种凄凉的表情，使欧阳去非不能再坚持自己的意见。

第二天傍晚，夕阳西下，彩霞满天，又是晚炊的时候了。欧阳去非在帐篷前面燃起了一堆篝火。

"梅琪，晚餐吃什么？"

"清炖鱼汤！"梅琪笑眯眯地说。

她在火堆上绑了一个三角形的木架，把铁锅挂在木架上，开始烧水。

"一百多年以前，这里的印第安人就是这样过日子的。丈夫提水，妻子煮鱼汤。"

梅琪将空了的水桶递过来："那么你就做个好丈夫，去提一桶水来吧。我会煮一碗鲜美的鱼汤等着你，就像一个好妻子！"

欧阳去非提着水桶下山去，在湖边汲了满满一桶水，然后再爬上山。因为怕水淌出来，他走得很慢。渐渐接近山顶时，树木越来越稀疏，他可以看到帐篷和篝火了。然而，就在这时，他突然站住了。梅琪没有在火边。铁锅仍然挂在那里，可是火已经快熄了，只剩下一缕轻烟袅袅上升。

欧阳去非小心地搜索着帐篷附近的可疑迹象，忽然他见到帐篷的门缝中有枪管中冒出的火光，然后听到了枪声，子弹打在他头侧的树干上。

"梅琪！"他高叫一声。

没有人答应。他像一头愤怒的老虎，猛地向帐篷冲了过去。他不知道敌人有多少，也明白自己手无寸铁，但是梅琪正处于危险之中，他别无选择。

没有人开枪。欧阳去非三两步就到了帐篷前，一把掀开帐篷门。只见梅琪的嘴被一块胶布封住，手脚被绑住，躺在地上。帐篷的后壁被刀划破了一条长口子，敌人就是从那儿逃跑的。"梅琪，你没事吧？"欧阳去非顾不得去追敌人，急忙解开捆绑她的绳子。

梅琪摇摇头，突然紧紧地抱住了欧阳去非，泪如雨下。

1986年9月9日，密歇根大学人类学博物馆。

欧阳去非把车驶入博物馆的停车场时，已快中午了。

昨夜他护送梅琪回到底特律寓所以后，由于梅琪一直处在高度的惊恐状态中，而且还开始发烧，他不得不留在那里，通宵守护着她。今天早晨，梅琪的精神安定了一些，他请梅琪的房东米尔斯太太陪着她，这才急忙驱车回到安阿贝尔。

对于在宿营地遭受袭击的原因，梅琪提供不出更多的线索。她在煮鱼汤时受到两个蒙面持枪人劫持，被拖到帐篷里捆绑起来，之后便吓得昏了过去。欧阳去非的直觉告诉他，这件事可能与那块铜片有关。十分明显，袭击者的目的并不是伤人，否则他和梅琪都性命难保。那么他们为什么匆匆而来，又匆匆而去呢？他们的目的达到了吗？想到这一点，欧阳去非十分为那块铜片担心。所以他回到安阿贝尔以后，没有回寓所，而是直接去了博物馆。

怀特馆长一见到他，就紧张地对他说："欧阳先生，据夜间警卫报告，昨夜有人从窗口爬进了博物馆。我们检查了一次，发现只有你的办公室被撬开了，请你快去看看遗失了什么东西没有？"欧阳去非回到办公室，先察看了书桌、书架，一切都是原来的样子。他取出记事本，按上面记的密码打开了保险箱，立刻发现保存在里面的铜片不见了。

欧阳去非仿佛受到了雷击，短暂地丧失了思考的能力。他竭力让自己冷静下来，想一想这件事的前因后果。

窃贼一定是事先知道铜片藏在保险箱里，并且知道正确的密码，所以才能开箱。因为这个保险箱是最先进的产品，装有遥感报警系统，保险箱受到震动、受热或者有人胡乱旋转密码盘，都会触发报警系统。

　　那么，除了欧阳去非本人，还有谁知道这个秘密呢？一个可怕的想法攫住了他：梅琪。只有梅琪知道铜片藏在这里。只有梅琪知道他有把密码记在记事本上的习惯。也只有梅琪，才能在两天野营生活中，轻而易举地偷看这本记事本。

　　沿着这个思路追溯下去，欧阳去非回忆了他们相识的经过。那天晚上在纽约遭受袭击时，梅琪是用汉语呼救的。她怎么知道附近有一个中国人？显然这一切全是预先安排好的。好一个深谋远虑、精心策划的阴谋！

　　为了证实自己的猜想，他往梅琪的寓所打了一个电话。接电话的是米尔斯太太。

　　"我是欧阳，梅琪在吗？"

　　"欧阳先生，我正想给你打电话呢，梅琪忽然走了。"

　　"走了？"

　　"是的，她退了房子，搬走了。"

　　"她一个人走的吗？"

　　"不是，两个男人把她接走的。"

　　"你知道她搬到什么地方去了吗？"

　　"不知道。我问她以后将她的信件转到什么地方去，她说找到新住处后再告诉我。"

欧阳去非放下了电话。他的感情受到了极大的伤害、极大的侮辱。他为梅琪付出了一片真情，梅琪却一直在玩弄他、欺骗他。他在心里默念着：梅琪，如果你需要那块铜片，你就拿走吧！如果你需要我的生命，你也拿走吧！可是你不能这样对待我的感情！

渐渐地，欧阳去非心中升起了怒火。他们掠夺了他，更可恶的是，他们侮辱了他。他是一个外国人，无钱无势，孤立寡援，对美国黑社会的情况一无所知，但是他既已经被逼得无路可走，就只有决一死战了。

1986年9月11日，安阿贝尔欧阳去非的寓所。

欧阳去非已经静静地在书桌前面坐了十二个小时。两套照片放在他的面前，一套是弗利尔美术馆寄来的战国时代楚缯书的红外线摄影照片，另一套是国家档案馆寄来的中国四川兴汉县的航测照片，这是1942年由美国陈纳德将军领导的第十四航空大队(飞虎队)所摄制的。这些是他去信索取的资料，今天上午才收到。整整十二个小时，他没有挪动过一下身体，非常专心地对它们进行了研究。他知道，要找回铜片，首先必须正确理解铜片上的图形的信息，如此才能推测敌人一定要获得这块铜片的真正原因。现在这块铜片虽然不在他手边，但是由于他曾经多次仔细观察过，所以那上面的一切细节他都记得清清楚楚，可以与照片上的资料相对照。楚国的缯书是1938年在湖南长沙出土的，这是一方约38厘米高、46厘米宽的丝织品，中央写有700多字，记载了有关楚国神灵、天文、历法的传说，文字四周有彩绘的图画，是代表四时与方位的神怪。这是研究楚国文化最重要的资料，出土以后不久就被卖到了美国，先存于耶鲁大学图书馆，而后又被弗利尔美术馆收购。由于年代久远，缯书上的部分绘画和文字已经漫漶褪色，看不清楚，为研究工作带来不少困难。最近欧阳去非听说弗利尔美术馆利用红外线摄影得到了比较清晰的照片，所以才写信去索取。

兴汉县的照片一共50张，全部都放得很大。欧阳去非找到七星岗的那一张，用放大镜观察，发现地面直径5米以上的东西，基本上都可以分辨出来。他思索了很久，推敲了每一个细节。他知道自己在进行一场生死大赌，任何一个环节的失误都会导致灭亡，但是在目前的处境下，他已别无选择。

一套完整的行动方案终于在他的头脑里形成了，就像战士跃出堑壕开始向敌人冲锋一样，他已没有丝毫的犹豫。

他看看表，已经凌晨一点了。

他提笔给怀特写了一封信，感谢他一年来的照顾，将手边的工作作了一个交代。他又签了几张支票，付清了房租、水电和电话费用，然后全放在书桌上。最后，他将自己的衣物和书籍整理了一下。一旦离开这个房间，他有可能永远不再回来了。9月12日黎明，欧阳去非驱车去底特律机场，搭乘了第一班飞往纽约的客机。

1986年9月12日上午，纽约第五十五街贾弗里的寓所。

"喝点儿什么？咖啡？啤酒？威士忌？"贾弗里招呼欧阳去非在起居室里坐定。起居室四壁全是高高的书架，整齐地排列着各种语言的有关中国考古学和艺术史方面的著作。

"谢谢，来杯咖啡吧。"欧阳去非说。

贾弗里从电热炉上倒了一杯咖啡给他，自己倒了半杯威士忌，然后打开冰箱，往杯子里加了几块冰。

"把你的想法告诉我吧。"他在欧阳去非对面坐下。

"贾弗里先生，"欧阳去非在沙发上挪动了一下，让自己坐得更舒服一点儿，"最近一个月来，我查索了你公开发表的所有论文，我发现你的专长是鉴定中国古画和古瓷器，但对于中国先秦历史、中国神话和考古学，你了解得很少，这是事实吧？"

贾弗里啜了一口酒，道："没有一个学者是万能的。"

欧阳去非接着说："不过要解开铜片之谜，却必须依靠多方面的知识，你所做不到的事，我可以做到，而且已经做到了！"

"我没有研究过铜片，因为你拒绝提供照片。"贾弗里说，"不过我还是恭喜你，你可以写成论文发表。"

"那是以后的事，"欧阳去非说，"现在我可以将关键信息告诉你。"

"什么关键信息？"

"就是如何辨认正确的方位。"

贾弗里举到唇边的酒杯突然停住了："看来你是知道了

一点儿事情，告诉我吧，我会付报酬给你的。"

"我要知道你的委托人是谁，我的话，只有当着他的面才能说。"

"这不可能！"贾弗里斩钉截铁地说。

"那么再见，贾弗里先生！"欧阳去非站起来，"我马上就去警察局，报告铜片失窃的情况，舍逊夫人和怀特博士可以为我提供必要的证词。然后我会去纽约时报社，向记者公布我所知道的一切。贾弗里先生，我了解的情况可能比你想象的多一些，我会把事情闹得满城风雨。到时候，你的委托人知道你拒绝了我的建议，是不会给你好颜色看的！"

"你到底知道些什么？"贾弗里也站了起来。

"明天看报纸吧！"欧阳去非转身要走，贾弗里伸出手来，做了一个阻止的手势，接着到隔壁房里打电话。出来时，他说："行了，他答应见你。今天下午我带你去。"

"你总该告诉我准备见我的人是谁。"

"杰克逊先生。"

欧阳去非吃了一惊："亨利·杰克逊，斯旺·杰克逊的儿子？"

"是的，"贾弗里平静了下来，"现在你该知道，我带你去见他是冒了多么大的风险。我希望你不要玩什么诡计，那样对你是没有什么好处的。"亨利·杰克逊，这位在《全美名人录》上有着显著地位的人物，有谁不知道他呢？他是一个亿万富翁、大古董商、狩猎专家，一个不断引起社会轰动的新闻人物。一方面，他在商业上精明能干、胆大妄为，传说他和世界各国的文物走私集团都有联系；另一方面，他还是一个社会活动家，是学术事业、慈善事业的热情赞助者。多年以来，他在摩纳哥豪赌，和好莱坞巨星谈恋爱，在亚马孙丛林中历险，慷慨地捐赠巨款给各种求助者，出现在世界各大报纸的头条新闻之中。和这样的人打交道，确实不是一件开玩笑的事，但是欧阳去非知道，他的推测中的最后一个缺环已经补上了。

1986年9月12日下午，纽约长岛，亨利·杰克逊的私邸。

汽车在朝向大海的一处铁栅门前停了下来。佩带手枪的警卫仔细地盘问了汽车里面的人，确认只有贾弗里和欧阳去非以后，用对讲机和什么人通了话，这才让他们通行。

汽车经过一大片草地、一个喷水池和一排大理石雕像，最后在一栋维多利亚式的宅邸前停了下来。一个身穿黑色燕尾服、看上去十分精明强干的管家恭敬地打开车门，将他们请进屋内。

"杰克逊先生正在恭候大驾。"他彬彬有礼地说，"贾弗里先生，欧阳先生，请原谅我要进行一些例行的安全检查。"管家抱歉地说。他对贾弗里的检查十分草率，明显是在做给欧阳去非看，但是对欧阳去非的检查却非常仔细。

管家打开一扇巨大的、用真皮包着的门，做了一个邀请的手势。贾弗里和欧阳去非走进屋内，两名警卫寸步不离地跟在他们后面。

欧阳去非过去见过亨利·杰克逊的照片，可是眼前这个真实的人仍然给他留下了深刻的印象。此人年约五十岁，身材健壮，头颅巨大，一张脸就像用斧头从花岗岩上砍劈而成，轮廓分明，线条刚毅。房间里的布置很像一个小型博物馆。欧阳去非知道，这里的任何一件藏品都是价值连城的宝物。

"先生们请坐！"杰克逊没有和他们握手，甚至没有站起身来，只是指一指放在书桌对面的两张皮椅。欧阳去非看得出来，杰克逊处于高度的戒备之中。两名警卫默默地站在他身后，手握左轮枪。

欧阳去非并没有说话，但是杰克逊好像看穿了他在想什么。杰克逊说："欧阳先生，请原谅我的过分谨慎。你是以考古学家的身份访问美国的，但是上个月，你通过与纽约的三个搏击高手过招，证明了你是全美罕见的武术专家，我不能有一点儿疏忽大意。"

"你多虑了，"欧阳去非说，"除了自卫，我不会主动攻击任何人。"

"自卫的定义有时是很含糊的，所以我还是小心一点儿好。"杰克逊说，"欧阳先生，让我们谈正事吧，听说你有些事要告诉我？"

"是的，有关舍逊夫人送给我的铜片的事。"

"我不知道什么铜片。"

"这无关紧要。"欧阳去非说，"我解释以后你就会明白了。"

"说下去！"杰克逊的口吻里，有着惯于发号施令的味道。

"你是熟悉蜀国历史的，所以详情我不再多谈。在中国四川的古代传说中，有关蚕丛王宝藏的故事看来是真实的。蚕丛王将宝藏的地点刻在一片铜片上，这也是事实。20世纪30年代，这铜片被农民无意中挖了出来，也许就在那时，铜片裂成了两部分，刻有方位标志的那只角被舍逊夫人的父亲菲伯斯牧师收购，而铜片的主体，也就是刻有地图的那一部分，据我推测，是落到了你的父亲斯旺·杰克逊手中。为了找到宝藏，他在1941年组织了一次挖掘活动，但是失败了。要是我的猜测不错，地图上显示蚕丛王藏宝的地点有七处，如果把它们连起来，就会形成北斗七星的形状，每个地点之间相距约一千步……"

杰克逊打断他的话："你看过地图？"

"没有。"

"那你怎么知道地图的内容？"

"根据你父亲挖掘后留下的遗迹推测的。"

"这不可能，现在地面上早就没有什么痕迹了。"

"是的，现在没有什么痕迹了，但是当年是有的。"欧阳去非从公文包中拿出一张照片，放在桌上，"我要告诉你另外一件事。1942年，美国陈纳德将军领导的第十四航空大队，为了对日战争的需要，曾经拍摄过四川一些地区的航空照片，其中就包括了兴汉县。请看这张照片，这就是七星岗，岗上有七个白色的圆圈，组成北斗七星的形状。最北面的一个圆圈是农民挖出玉器的坑，其余六个应该就是你父亲挖的，当年他虽然填平了那些坑，但是草木在一年之内并没有长起来，所以还是留下了痕迹。"

杰克逊小心翼翼地拿起照片，用一个银柄放大镜观察了一会儿，喃喃地说："你真聪明！"

欧阳去非接着说下去："你父亲是按照地图去寻宝的，可是为什么又失败了呢？他肯定认为在缺掉的那只角上有更详细的指示。我可以想象，他一定花了不少精力去找另外那块铜片的下落，但是始终没有结果。他去世以后，这项任务就落到了你身上。当我在大都会博物馆演讲时，舍逊夫人当众将铜片送给了我，当时在场的你的中国文物顾问贾弗里先生，辨认出了那就是地图上遗失的那只角，这才知道几十年来你们要找的东西就保存在纽约。贾弗里先生想要买这块铜片，遭到拒绝以后，就对我拦路抢劫，还派一个姑娘来接近我，充当间谍。最后，你们终于用卑鄙的手段盗走了我的铜片。"杰克逊扬了一下眉毛，但没有开口。

"尽管你们拿到了铜片，尽管贾弗里先生已经进行了初步研究，可是你们仍然不能解释上面图形的意义。"欧阳去非紧紧地盯着杰克逊，"我没有说错吧，先生！"

房间里一片沉默。

杰克逊沉思了一阵后说："你确实知道不少，把铜片的秘密告诉我吧，我不会亏待你的。"

"1935年发现的那一坑玉器，位置在七星岗的北部边缘。从你父亲试掘的地点来看，他明显是认为其余的六个坑应该分布在它的南方，也就是七星岗的中部，这是有道理的。其实，以玉器坑为坐标，把它作为北斗七星斗柄的第一颗，再根据地图上标出的距离，要确定其余六个坑的相对位置并不是一件很困难的事。但是，为什么你的父亲失败了呢？只有一个原因，那就是他推测的方位错了。"杰克逊静坐着，如同一座石像。贾弗里将身体往前倾，聚精会神地听着。

　　"在这里，我必须要介绍一下古代中国人定方位用的标志。在中国古籍《尚书·尧典》中有璇玑星的记载，也就是北极星，所以一般人都认为从尧舜的时候开始，中国人就是以北极星来定方向。从航空照片来看，你的父亲也是将地图上的北方定在北极星的方向。但其实，由于地球自转轴的运动，北极星也不断在变化。现在我们观察到的北极星是小熊星座α星，但是《尚书·尧典》所记载的是公元前2600年左右的星空。当时靠近极点的星是天龙座的α星，中国史书称为紫微垣右枢星，也就是当时的北极星。到了蚕丛王的时代，也就是公元前1200年左右，天极正处在小熊座β星和天龙座κ星之间，所以当时并没有一颗明亮的、适于观察的北极星。那么人们靠什么来定方向呢？我以为至少在蜀国，人们是利用太阳作为标志的。"

　　"这不大可能。"贾弗里打断了欧阳去非的话，"谁都知道，从地面看上去，一年四季，太阳运行的方向都在变化。从夏至到冬至，这其中有47度左右的差异。"

"这就是我那块铜片上的图形所要告诉你的。"欧阳去非接着说，"图上的箭头表示方向。三只脚的鸟名叫三足乌，是中国古代的太阳之精，中国古籍《山海经·大荒东经》和《春秋元命苞》都有'日中有三足乌'的记载。那个口中含蛇的神怪名叫'荃'，是冬天之神，这可能是南方的传说，所以在古籍中没有记载，但是在楚缯书代表冬季的那一方绘有类似的表，旁边写明了'荃司冬'三个字。"他取出缯书的照片，将有关部分指给贾弗里看。贾弗里看了以后点点头，隔着桌子将照片递给杰克逊。

"现在结论就十分清楚了，地图上的东方应该以冬至日太阳升起的方向为准，这方向大约相当于罗盘读数的东偏南23.5度，其余的方位也应该以此做出相应的调整。如果我们以最北的一个坑为轴，将照片上你父亲留下的六个坑位按顺时针移动23.5度，我想我们就能准确地找到蚕丛王其余的宝藏地点了。"

"这么简单的一件事，"杰克逊像在自言自语地说道，"可是我们花了两代人的努力都没有发现它！"

"哥伦布发现新大陆，背后的理论也是简单的。"欧阳去非回答。

杰克逊显然做出了一个决定。他坐直了身子，带着一种不容驳斥的自信说："欧阳先生，看来你非常聪慧，非常勇敢，也非常直率，所以我也将非常直率地对待你。你所讲的基本上都是事实，只有一点我需要说明：我雇了一个人去为我寻找保管在你手中的铜片，这就是我所做的一切。至于他采取了什么手段，我确实不知道，也不需要知道。只问货物的真假，不问货物的来源，这是全世界古董商人的共同原则。所以如果你在这一过程中受到了什么伤害，我很抱歉，但是这不是我的本意。"

"在中国，我们称你这种人为教唆犯！"欧阳去非冷冷地说。

"在美国，如果你提不出证据，没有人会接受你的指控。"杰克逊不在意地说，"欧阳先生，你的情绪我能理解。人生如同一场大赌博，有赢家，有输家，这一次你赌输了，但也并非一无所得。我十分欣赏你的才能，像你这种文武全才，正是我所需要的。我可以雇用你当我的一个公司的副经理，年薪十万美元，奖金另算。我还能为你办理长期定居美国的手续，听说你和那个名叫梅琪的女孩子感情不错，从此以后，你们可以在一起舒舒服服地过日子。怎么样？"

"在我接受你的条件之前，你可否先回答我两个问题？"

"当然可以。"

"你的父亲对蚕丛王的宝藏坑有兴趣，这是十分自然的，因为在当时，他很容易就可以将东西搬走。可是现在，中国政府已经严格控制了一切文物的出口，你有什么把握能去挖掘？就算挖掘到了宝物，你又有什么把握能运出中国？你为此投入这么多的成本，不是太冒险了吗？"

"正因为是冒险，我才感兴趣。"杰克逊说，"我从事这项工作并不是为了钱，而是为了接受挑战。我父亲没有完成的事，我应当去完成它。越是难以做到的，我越是要做到！至于在中国境内的活动，那用不着我操心。只要我有了正确的线索，我在香港的一些朋友会帮我安排一切的。至于他们怎么挖，怎么将东西运出来，那就是他们的秘密了。"想到近年来国内文物走私活动的猖獗，欧阳去非知道他讲的是实话。

"我还有一个问题，你们把梅琪藏到哪里去了？"

杰克逊的眼神里露出了一丝狡黠。"欧阳先生，"他说，"也许你将我看成电影《007》里黑社会的头子了，认为我用了一个姑娘作诱饵，然后将她藏起来，或者杀了灭口。其实，当我知道我的朋友利用了这个姑娘以后，我立刻见了她。昨天下午，她向我倾诉了她的全部经历和她对你的爱意。我十分同情她，已经为她提供了一份待遇优厚的工作，安排了新住处。今天晚上，你就可以看见她了。好啦，现在我们签合同吧。"

欧阳去非摇摇头。

"什么，你还嫌待遇太低？"杰克逊十分意外。

欧阳去非说："你给我多少钱都没有用，因为我根本不想和你合作。"

杰克逊的眼神里现出了激动："你……你这是什么意思？如果你不愿意合作，那你为什么要来见我？"

"因为只有这样，我才能证实我的猜想。"

"那你为什么要将铜片的秘密告诉我？"

"因为我马上就要回国，建议政府加强对七星岗遗址的保护，开展对七星岗遗址的科学挖掘。你就是知道这一秘密，也是没有用的。"

杰克逊的蓝眼睛骤然变得冷酷。室内的气氛紧张得似乎要爆炸。

"杰克逊先生，我知道你在想些什么。"欧阳去非打破了沉默，"你以为如果我在纽约失踪了，就不会有人揭发你了？"

"谁能预测以后发生的事情呢，对于一个外国人来说，纽约是一个很复杂的地方。"杰克逊的声音就像泡在冰水里一样。

"不过，我还为自己保留了一点儿秘密。在知道这个秘密以前，我建议你不要制造失踪案件。"

"什么秘密？"

"请把那张航测照片和放大镜给我。"

杰克逊将照片和放大镜推过来，欧阳去非拿起放大镜对着照片："请看这儿。"桌子很宽，杰克逊不得不站起来，俯过身子。就在他挨近欧阳去非时，欧阳去非突然伸出右手食指，闪电似的在他胸部中央点了一下，这动作猝不及防，杰克逊痛得"哎哟"叫了一声。

站在欧阳去非身后的警卫反应也够快的，唰的一声，两支枪同时对准了欧阳去非的后脑。

欧阳去非假装不知道身后的动静，慢慢地坐了下来。

杰克逊恼怒地说："你这是干什么？"

欧阳去非说："我想向你介绍一点儿中国武功的秘密。"

杰克逊不耐烦了："我没有时间听你胡扯！"

"你最好还是把我的话听完，因为这关系到你的生命！"欧阳去非不疾不缓地说，"中国的传统医学认为，在人体内部，除了血液循环系统和神经系统，还有第三种传导系统，称为经络系统。经络系统在体表有若干灵敏的感应点，称为穴位，每一穴位都与固定的内脏器官或功能系统相联系。你一定听说过针灸这个词，所谓针灸，就是用针刺或者熏灼穴位的方法来治病。"

"这些鬼话和我有什么关系？"杰克逊打断他。

"有的穴位牵涉到人的要害，我们称之为死穴。"欧阳去非自顾自说下去，"如果这种穴位受到经过训练的人点打，那么就可以致命。在中国武术中，这种技术叫作点穴，它代表了最高的武功成就。"

杰克逊张了张嘴，可这一次他没有出声。

"刚才我已经点了你的死穴。"欧阳去非平静地说，"你如果不相信，请解开衬衣看一下。"

贾弗里慌忙地说道："杰克逊先生，我曾经在中国古书上看到过这种事，你可要小心！"杰克逊半信半疑地解开衬衣，在他胸前的正中央，果然有一块硬币大小的红斑。

欧阳去非说："你再用指头在那儿按一下。不过，可千万别太使劲。"杰克逊谨慎地按了一下，他脸上的表情显示他感到不太舒服。

"这一切全是胡说八道，因为我并没有死。"他强作镇静，嗫嚅着说。

欧阳去非微微一笑："这又是中国武术的神奇之处了。点穴的方法有几种，有点了以后致人残废的，有点了以后当场毙命的，还有点了以后过一段时间才死的。我点的是让你二十四小时以后死去的穴位，除了我，世界上没有任何一种医药可以解开它。所以明天这个时候，你就将痛苦地死去，你的医生将把你的死亡归因于心肌梗死。"

"我……我可以控告你蓄意谋杀！"杰克逊咆哮起来。

"是的，你可以这样做。可是谋杀罪要能成立，必须以你的死亡作为前提。"欧阳去非回答。

"这是卑鄙！这是讹诈！"杰克逊怒不可遏。

欧阳去非无动于衷："杰克逊先生，这场游戏是你强迫我玩的，规则也是你制定的！"

他们两人恶狠狠地对视着，目光如利剑似的铮然相遇。杰克逊迟疑了。万一他讲的是真话呢？

"好，王牌在你手中，你赢了。"他再开口时，神色平和如常，"我希望你能尽快解救我，说出你的条件吧！"

"很简单，把我的铜片还我！"

"你先要解开穴位，我再还你。"

"只有我带着铜片，到达安全地点以后，我才会打电话把药方告诉你。"

"我凭什么相信你呢？"

欧阳去非一指戳在大理石桌面上，两厘米厚的坚石应声迸裂了一块。

"杰克逊先生，我刚才如果要你的性命，你现在已经是一具尸体了。"

杰克逊无可奈何地摇摇头，掏出一张名片递过去："打这个号码，从现在开始，我会亲自守候在电话机旁。"他站起身来，走到壁炉旁，按了一下暗钮，原来挂在墙上的一幅画移到了旁边，露出了一个保险箱。他输入密码，打开箱门，取出了那个装有铜片的紫檀木盒子，交给欧阳去非。

欧阳去非检查了一下，铜片是在里面。"你还欠我一点儿钱，杰克逊先生。"

杰克逊似乎在等他这句话，立刻掏出了支票簿："你要多少？"

"一百七十六元三十分。"

"什么？"杰克逊以为自己听错了。

"一百七十六元三十分。"欧阳去非重复一次，"这次从底特律到纽约的来回机票钱，我认为应该由你承担。"

杰克逊签了支票，喃喃地说："我喜欢有幽默感的人！"

欧阳去非接过支票："现在送我到梅琪那里去吧。"

1986年9月12日晚上，纽约市麦迪逊大街，梅琪的寓所前。

欧阳去非和梅琪对视了很久，谁也没有开口。

欧阳去非根本不知道自己为什么要来看她，更不知道应该说些什么。

最后，还是梅琪打破了沉默："刚才杰克逊先生给我打了电话，所以我在等你，进来吧！"她转身走进屋里，坐在一张矮沙发上，双手抱膝，眼睛瞪视着前方，像个梦游人一样。在灯光下，欧阳去非看得出在这两天之内，她明显消瘦苍白了。

欧阳去非在她对面坐了下来。"这么说来，一切都是一场骗局？"他问。

"是的。"梅琪轻声回答。

"你一直都在骗我？"

"是的。"

欧阳去非突然感到了一种无法抑制的倦意，他已经整整两天两夜没有睡觉了。他已经没有愤怒，没有悲哀，他只感到空虚，只感到自己的心向一个无底的深渊落下去，落下去……

"为了几个臭钱，你就可以出卖灵魂？"他无力地问。

"我不是为几个臭钱，我是为了我的弟弟。"

"你的弟弟与这件事有什么关系？"

"他染上吸毒的坏习惯，最后落入了黑帮的魔掌。他们威胁我说，如果我不帮他们取到铜片，他们就要害死我的弟弟。我父母临死时，留下的遗言就是要我照顾弟弟。我在他们的遗体前发过誓。"

"所以你就决定牺牲我。"欧阳去非的声音听起来就像一声叹息。

"我不是存心要害你，我非常爱你，这是真的。"梅琪的眼泪大颗地往下流，她不得不咬紧牙关，尽力克制自己，才能继续说下去，"自从我们同机回到底特律以后，我就决定不再与你联系，因为我不愿意骗你。可是他们放了一段录音给我听，那是我弟弟的声音。他们不再给他毒品了，所以他活不下去了。他求我，用父母的名义求我，那声音好凄惨！我没有办法，给你打了电话。后来你来了，我知道我爱上了你。我决定在野营回来以后把一切告诉你，请求你的原谅，可是他们追踪我到了营地。当你下山去提水时，他们抓住了我，威胁我说，如果我不把保险箱的密码讲出来，他们就要打死你，我知道他们是说到做到的。欧阳，我对不起你，没有脸再见你，你可以轻视我，打我，杀我，可是我只求你一点，不要怀疑我对你的感情。你不知道一个单身的华裔姑娘在社会上谋生有多难，你不知道我受过多少欺凌！自从遇见了你，我才相信这世界上确实有纯洁的心，有高尚的情操。你曾经是我唯一的爱、唯一的希望。我欺骗了你，可是也毁掉了我自己。如果不是考虑到我弟弟，我已经不想再活下去了。"她最后一句话被一声呜咽所湮没。她慢慢地滑到地上，跪在欧阳去非面前，满面凄凉，泪落如雨。

欧阳去非用最大的意志力控制住自己，站起来，走出了房间。他没有回头，也不敢回头。他踉踉跄跄着走出公寓，欲哭无声，肝肠寸断。他知道自己心灵深处有一盏灯已经熄灭，而且永远不能再点燃了。

他经过一处公共电话亭，忽然记起了一件事，便走进去，往投币孔塞了一个硬币，拨了杰克逊的号码。

"我是欧阳。"

"欧阳先生？快把救命的药方告诉我，我已经不大舒服了。你放心，从此以后，我再也不会找你的麻烦……"杰克逊一口气说了很多。

"请记住这药方：喝一杯白葡萄酒，然后上床睡觉去！"

1989年2月1日，亨利·杰克逊的来信。

亲爱的欧阳先生：

我刚从报纸上看到了七星岗的伟大发现。我曾经希望成为这一发现的主人，但是失败了。你玩了一场十分精彩的"赌博"，成了胜利者，我虽然没有赢家的幸运，却有输家的度量，因此我向你致以热烈的祝贺。

我准备邀请你再度访美，介绍你的新发现和新研究成果，当然，还有中国武功的秘密，如果你愿意的话。我可以安排由你选中的任何大学或博物馆出面邀请你，希望你能同意。

我应当向你传达一下你的几位熟人的近况。贾弗里博士已经退休，不再担任我的顾问。他现在很少谈论中国文物，反而热衷于在阳台上培植蔷薇花。他说经过几十年的研究以后，他终于发现一个西方人要理解博大精深的中国古代文化，是一件极其困难的事。我想，他的这个新认识是受你启发的。

我还要提一下那个可怜的姑娘——梅琪。她的弟弟已经在不久前死去，在安葬了弟弟的遗体以后，她就辞了工作，到圣安德修道院去当了修女。一想到这么一个善良美丽的姑娘从此以后将把自己关在那厚厚的石墙后面，在祈祷中打发残生，我就十分难受。她现在还在体验期，没有举行更衣礼，也就是说，她还有还俗的可能性。我年轻的朋友，如果这世界上还有人能劝劝她，这个人就只有你了。这也是我邀请你访美的另一个原因。七星岗的宝藏已经有了一个圆满的结局，我希望你原谅我，也原谅她。要知道人世间虽然充满了罪恶，宽恕却始终是一种美德。

希望能尽快得到你的答复。

你诚挚的亨利·杰克逊

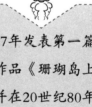

关于作者和作品

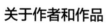

童恩正是一名考古学家和科幻作家。1957年发表第一篇作品，1960年开始科幻小说及科普创作。其作品《珊瑚岛上的死光》荣获1978年全国优秀短篇小说奖，并在20世纪80年代初期被拍摄成我国第一部科幻故事片。他写的《雪山魔笛》《古峡迷雾》《西游新记》等科幻作品，也深受青少年读者欢迎。

《在时间的铅幕后面》在1989年荣获第二届银河奖一等奖。故事的主角欧阳去非是一名专业的考古学家，意外获得了一块出自七星岗的神秘铜片，没想到这块铜片却将他引入了一系列陷阱之中……

　　欧阳去非痛定思痛，苦心研究铜片的秘密，最终破解了铜片上指示宝藏地点的线索，并借助谋略和胆量成功地把铜片要了回来。在他的努力下，中国七星岗遗址的宝藏终于被挖掘出来，且并未落入外国走私者手中。

　　这个故事的情节精彩、紧凑，介绍了中国古代的天文知识，以及关于古蜀国的文化历史。其实，故事中的文物原型——三星堆遗址近年又开始重新挖掘，长江流域的古文明将从时间的铅幕后面走出来，再次被世人所知。